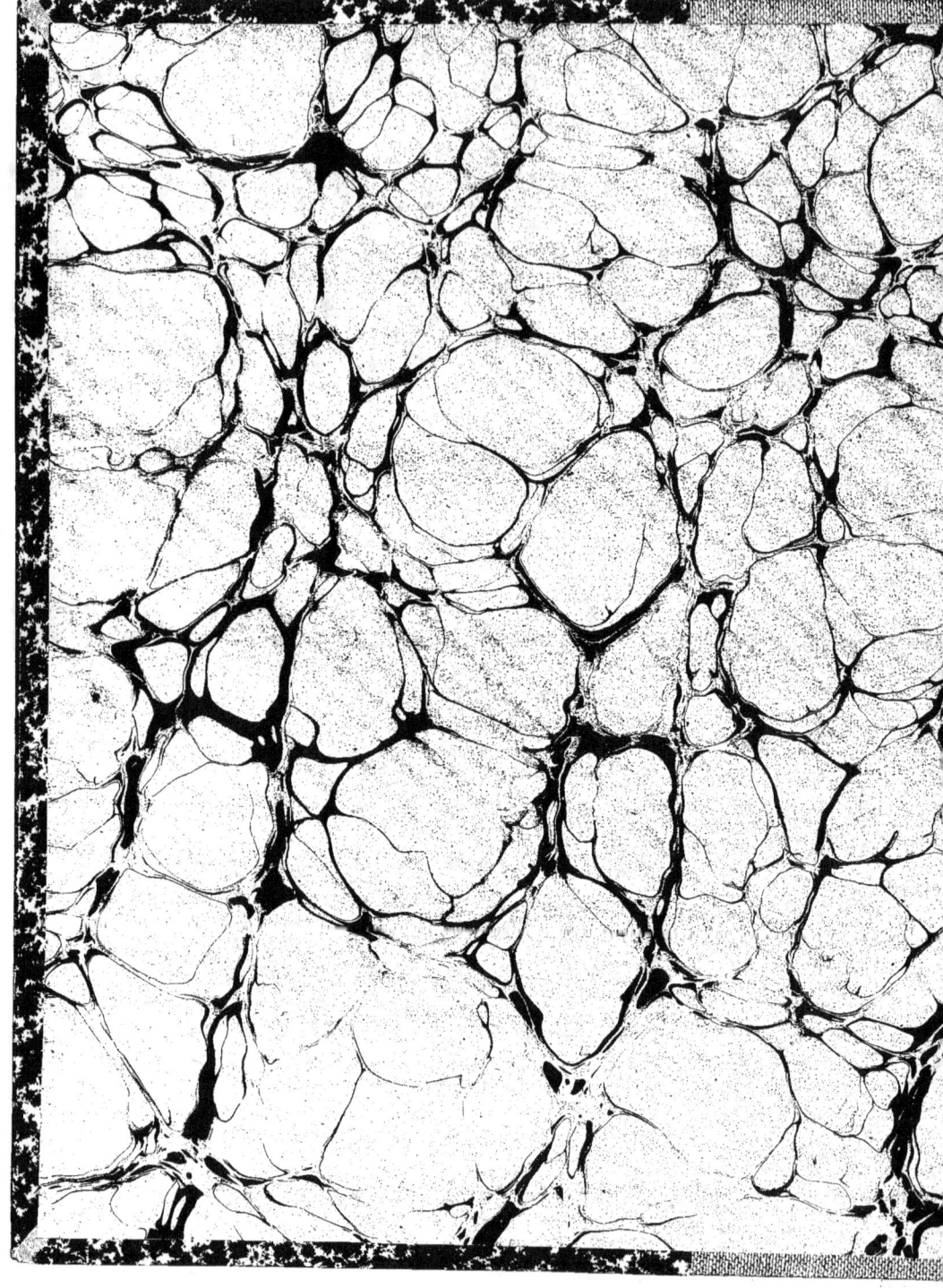

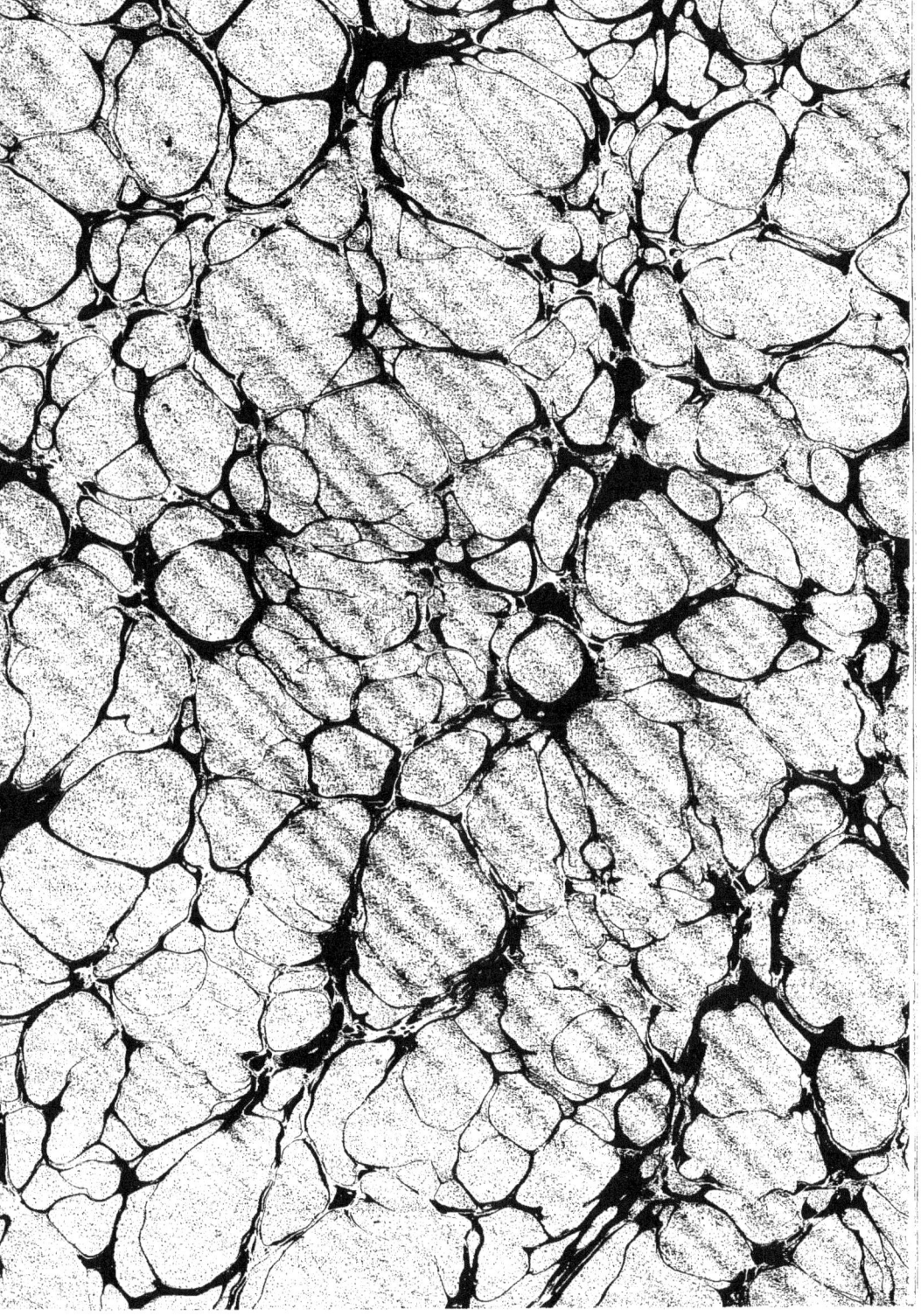

EDMOND RADET

LULLY

·2153

HOMME D'AFFAIRES, PROPRIÉTAIRE ET MUSICIEN.

NOTES ET CROQUIS

A PROPOS DE SON HÔTEL DE LA RUE SAINTE-ANNE
ET DE SON MAUSOLÉE AUX PETITS-PÈRES

AVEC ONZE PLANCHES EN HÉLIOGRAVURE

tirées hors texte

PARIS
LIBRAIRIE DE L'ART
L. ALLISON et Co.
29, CITÉ D'ANTIN, 29

LULLY

HOMME D'AFFAIRES, PROPRIÉTAIRE ET MUSICIEN

TIRÉ A TROIS CENTS EXEMPLAIRES

Portrait de Lully.
gravé par Roullet d'après Paul Mignard.

EDMOND RADET

LULLY

HOMME D'AFFAIRES, PROPRIÉTAIRE ET MUSICIEN

NOTES ET CROQUIS

A PROPOS DE SON HÔTEL DE LA RUE SAINTE-ANNE
ET DE SON MAUSOLÉE AUX PETITS-PÈRES

AVEC ONZE PLANCHES EN HÉLIOGRAVURE

tirées hors texte

PARIS

LIBRAIRIE DE L'ART

L. ALLISON et Co.

29, CITÉ D'ANTIN, 29

AVANT-PROPOS

E mythe d'Amphion, bâtissant les murs de Thèbes aux sons de sa lyre d'or, nous a toujours séduit. Nous trouvons dans l'harmonie des sons présidant à l'harmonie des lignes de l'architecture un accord mystérieux qui satisfait à la fois et notre goût professionnel et notre ardent amour de la musique.

Aussi, lorsqu'une heureuse circonstance nous remit le soin de l'ancien hôtel de Lully, rue Sainte-Anne, nous saisîmes avec empressement l'occasion de faire quelques croquis des vieilles pierres et quelques recherches sur le vieux musicien qui les avait élevées, lui aussi, grâce à ses chants.

Il en est résulté ce modeste travail que nous livrons au public. Nous n'osons espérer qu'il prendra autant de plaisir à le lire que nous en avons eu à le préparer et à l'exécuter. Mais nous nous encourageons de cette parole du « doux » Vauvenargues qui nous servira d'épigraphe :

« Si vous avez écrit quelque chose pour votre instruction et le soulagement de votre cœur, il y a grande apparence que vos réflexions seront encore utiles à beaucoup d'autres, car personne n'est seul de son espèce. »

E. R.,

Architecte.

Mai 1891.

LULLY

HOMME D'AFFAIRES, PROPRIÉTAIRE ET MUSICIEN

I

Excursion rétrospective à la Butte des Moulins.

ES grandes villes prennent toutes leur essor vers l'Ouest, aussi bien les capitales de l'Europe que les nouvelles villes d'Amérique. Le régime presque constant des vents d'Ouest en est la cause et il est naturel qu'en s'agrandissant la ville tende à laisser derrière elle les usines, les vieilles et pauvres maisons de l'origine, dont les miasmes délétères sont emportés vers l'Est.

Si l'on étudie à travers les âges la marche de la ville de Paris, on retrouve l'application de cette immuable loi. Les Champs-Élysées, Passy, Monceaux, les Ternes, comme le West-End de Londres, sont devenus de nos jours les quartiers aristocratiques de Paris.

De la Cité, berceau de l'antique Lutèce, à la Porte Maillot ou à l'avenue de Villiers, il y a loin et ce n'est pas en un jour que cette immense superficie s'est couverte d'habitations.

Malgré les guerres de conquête et l'envahissement de l'étranger, malgré les discordes civiles et les guerres de religion, Paris avait fait successivement éclater ses solides ceintures de remparts dont l'avaient étreint Philippe-Auguste au commencement du XIIIe siècle et Charles V à la fin du XIVe. Après les terribles luttes du XVe siècle, les Anglais étaient chassés, et, au déclin du XVIe, Henri IV avait mis fin aux déchirements intérieurs. Aux appréhensions constantes d'un siège, toujours possible pour Paris, à la nécessité de maintenir strictement la ville dans la limite resserrée des remparts, d'autant plus faciles à défendre qu'ils étaient moins étendus, avaient succédé une sécurité et une tranquillité relatives.

Dans les provinces, les châteaux avaient déjà donné la preuve de cette détente. Aux tours puissantes et à peine percées de meurtrières, aux mâchicoulis et aux poternes menaçantes, on substituait peu à peu les tourelles à jour, les fenêtres aux verrières largement ouvertes, et si les créneaux persistaient, ce n'était plus qu'à titre de couronnement élégant des corniches et de motif ornemental.

C'est ainsi qu'après la mort d'Henri IV, Paris, trop à l'étroit dans sa sombre enceinte de ville forte, put enfin songer à s'étendre plus librement et accentua sa marche vers les régions de l'Ouest.

Rien n'est plus intéressant que de suivre cette progression rapide sur les plans successifs du vieux Paris. Afin de nous limiter au sujet spécial qui nous intéresse, nous le ferons seulement pour la partie de la ville avoisinant le Louvre et les Tuileries et longeant la rive droite de la Seine.

Ouvrons le plan de François Quesnel, daté de *May 1609* et dédié au roi Henri IV. Nous voyons sous les remparts de la ville, entre ce qui forme actuellement les vieux boulevards, d'une part, et le Louvre et les Tuileries, d'autre part, d'immenses terrains vagues semés de quelques masures. L'enceinte de la ville et la porte Saint-Honoré qui la perçait de ce côté étaient alors à peu près à la jonction actuelle de la rue Richelieu avec la rue Saint-Honoré et laissaient les Tuileries hors les murs. C'est non loin de cette porte, au long du fossé bordant les remparts, que fut blessée Jeanne d'Arc dans une sortie des Anglais en 1429.

Le quartier qui va nous occuper, c'est-à-dire celui de la Butte des Moulins et de ses alentours, était donc en dehors de l'enceinte et à l'état de pleine campagne. Les lignes irrégulières des champs, des sentiers, *le marché aux chevaux,* un monticule surmonté de moulins : voilà tout ce que nous montre Quesnel.

Prenons maintenant le plan de Gomboust, dédié au chancelier Séguier et portant le millésime de 1652.

Quel changement en quarante ans !

L'enceinte de la ville s'est avancée jusqu'au faubourg Saint-Honoré, englobant un immense espace qui comprend les Tuileries et s'étend de la Seine aux vieux boulevards.

La porte Saint-Honoré se trouvait de ce fait transplantée à l'endroit où la rue Saint-Honoré coupe aujourd'hui la rue Royale. Au pied de la Butte des Moulins, comprise dès lors dans l'enceinte, viennent se dessiner des amorces de rues.

L'élan des constructions avait été donné de ce côté par le cardinal de Richelieu qui de 1629 à 1634 couvrait plusieurs hectares de son *Palais-Cardinal* destiné à devenir le *Palais-Royal*. Lemercier, qui l'édifie, est chargé en 1633 de faire une église paroissiale de la chapelle Saint-Roch et commence les travaux qui devaient

se traîner péniblement pendant près d'un siècle et ne se terminer
que grâce aux libéralités du financier Law. L'antique chapelle, qui
fut l'embryon d'une des grandes paroisses de Paris, avait été dédiée
à saint Roch parce qu'il guérissait de la peste. Tout ce quartier
était, en effet, dans l'origine, un vrai marécage, une succession de
cloaques. L'accumulation des boues, des décombres, et des détri-
tus de la ville avait formé peu à peu un monticule irrégulier
appelé alors *Butte Saint-Roch.*

Ce monticule est figuré sur l'antique plan d'Olivier Truschet
et Germain Hoyau, vers 1550, avec un double sommet. Ces deux
sortes de collines tendirent de plus en plus à se réunir et devinrent la Butte des Moulins, ainsi nommée à cause des moulins qui
la couronnaient et qui ne disparurent que vers 1668, pourchassés
par les constructions nouvelles s'étageant sur les flancs de la Butte.

Pendant tout le Moyen-Age, c'était là un lieu sinistre et mal
famé : outre les fondrières pestilentielles qui justifient bien l'inter-
vention du bon saint Roch, on y voyait les gibets des voleurs et
la chaudière d'huile bouillante des faux-monnayeurs frappés par
la haute justice des Évêques de Paris.

Mais revenons à Gomboust et au milieu du xviie siècle.

Sur les revers nord et nord-est de la Butte, il n'accuse aucun
changement : ce sont toujours des champs. Il n'en est pas de même
entre la Butte et le Palais-Royal. Aux abords de la rue Richelieu, entièrement tracée, commencent à apparaître des voies régu-
lières : voici la rue Traversière, la rue Sainte-Anne, « ainsi appelée,
dit Jaillot, en l'honneur d'Anne d'Autriche, épouse de Louis XIII »,
la rue des Moulins, etc., qui ne sont, à vrai dire, encore que des
chemins.

Passons à la première édition du beau plan de Bullet et Blondel daté de 1676 et connu sous le nom de *Plan de Blondel, archi-*

*tecte, maréchal de camp aux armées du Roy, directeur de l'Acadé-
mie Royale d'architecture et maître de mathématiques de Monseigneur le Dauphin.* Ce plan nous édifie sur la transformation
radicale qui s'opère en ces parages. Les rues s'avancent, englo-
bent et gravissent la Butte des Moulins ; les champs disparaissent
sous les maisons qui bordent les rues du Hazard, de Villedo,
Neuve-des-Petits-Champs, des Moulins, devenue rue Royale. La
rue Sainte-Anne se prolonge, parallèlement à la rue Richelieu,
jusqu'à la rue Saint-Augustin. Autour de Saint-Roch qui s'élève
se groupent les rues d'Argenteuil, de Gaillon, des Moyneaux, etc.
La rue Saint-Honoré, grâce au déplacement de l'enceinte, a gagné
toute la longueur qui sépare la rue Richelieu du faubourg Saint-
Honoré. Toutes ces voies, d'un développement considérable, ouvrent
un vaste champ aux spéculations et nous voyons, pendant la seconde
moitié du xviie siècle, ce nouveau quartier de la grande ville sortir
de terre avec une rapidité que n'a pas dépassée notre activité
moderne et que les troubles de la Fronde n'entravèrent même
pas.

Le voisinage du Palais-Cardinal, du Louvre et des Tuileries,
mit tout de suite le quartier à la mode dans la haute aristocratie.
Après le grand cardinal, voici son successeur Mazarin qui élève
un autre palais en bordure sur les rues Richelieu et des Petits-
Champs, et destiné à devenir la Bibliothèque Nationale. Le duc
de la Vrillière prépare dans son magnifique hôtel un somptueux
logis pour la haute finance de notre temps, personnifiée par la
Banque de France.

En face se dresse l'Hôtel Colbert, qui disparaîtra sous les pas-
sages Colbert et Vivienne et la rue du même nom. Rue Richelieu,
devant le palais Mazarin, voici l'Hôtel de Coislin et l'Hôtel Louvois ;
puis l'Hôtel de Lyonne, l'Hôtel de Chabannais et celui du duc de

Ventadour « sur le terrain des Petits-Champs ». Plusieurs de ces
hôtels ont laissé leur nom à nos rues modernes.

Quelques années plus tard, la flatterie d'un courtisan, le maréchal de la Feuillade, et l'amour de Louis XIV pour les pompes
de l'architecture devaient encadrer cet élégant quartier entre deux
places d'allure monumentale : la place des Victoires et la place
Louis-le-Grand ou Vendôme, toutes deux dues au crayon de Jules
Hardouin Mansard, le plus grand architecte de son temps. Il fut
un instant question de réunir ces deux places par une large voie.
Ce projet grandiose n'eut pas d'exécution et, par une singulière
ironie, Louis XIV ne put même pas imposer son grand nom à
l'une de ces places, qui resta toujours la place Vendôme, en souvenir de l'hôtel qu'elle avait remplacé.

Cette transformation féerique de ces champs et de ces cloaques en rues élégantes, bordées d'édifices luxueux et habités par
une société d'élite, attirait l'attention de tous les contemporains.
Tous les auteurs qui parlent, à cette époque, de la grande ville
ne cachent pas leur admiration, et Germain Brice, dans sa *Nouvelle Description de la ville de Paris,* ne faisait que traduire le
sentiment général en écrivant ces lignes :

« Il faut aller visiter le quartier de la butte Saint-Roch.....
il est ainsi nommé à cause d'une butte de terre voisine de l'église
du même nom que l'on a aplanie depuis quelques années pour
élever plusieurs maisons grandes et spacieuses, lesquelles forment
plus de vingt rues et *un des plus magnifiques quartiers de tout
Paris,* occupé par des personnes la plupart favorisées de la fortune dans ces dernières années. »

La rue Richelieu, créée par le grand cardinal, était ainsi
devenue la grande artère du Paris en vue, où se réunissaient peu
à peu les personnages les plus marquants de la cour et de la ville.

Autour de ces bâtiments de premier ordre, la spéculation se hâta de construire des maisons de location plus ou moins importantes, mais presque toutes spacieuses et de façades correctes.

Le branle est donné par Michel Villedo qui, de simple maçon, devint « général des bâtiments du Roy ».

Avec lui et ses fils, Michel Noblet, maître des eaux et garde des fontaines publiques, Le Menestrel, trésorier du Conseil des bâtiments, et d'autres encore, font une rapide fortune en même temps qu'ils contribuent puissamment à l'aplanissement des terrains, au bon tracé des rues et à l'amélioration du pavage, longtemps dans un état déplorable et sur lequel gémissent tous les contemporains.

Les grands seigneurs et les hauts financiers étaient venus en foule habiter le nouveau quartier : on y vit arriver tout naturellement les artistes et les gens de lettres, dont la réputation ne pouvait se passer de leur appui.

Citons seulement quelques noms. Le grand Corneille y vint prendre, en 1682, son dernier gîte, autrefois bien connu de tous, dans la rue d'Argenteuil, et disparu avec le tracé de l'avenue de l'Opéra. Son frère, Thomas Corneille, était installé depuis longtemps dans la rue du Clos-Gorgeau, toute voisine. « Hyacinthe Rigaud, nous dit Germain Brice, le très excellent peintre pour le portrait, choisit un appartement vis-à-vis l'hôtel Mazarin. » Pierre Mignard, surnommé le Romain, le maître élégant et ingénieux, l'ami de Molière, mourut en 1695 rue Richelieu. Claude Audran, qui entra à l'Académie de peinture en 1675, habitait rue des Orties-Saint-Honoré.

Bon Boullongne, l'aîné, membre de l'Académie de peinture en 1675, demeurait rue Sainte-Anne.

De l'Épée, architecte du roi et membre de l'Académie d'architecture, qui fut le père du célèbre abbé de l'Épée, s'établit rue des Moulins ou Royale.

Enfin, un acte authentique célèbre, dont nous allons avoir à parler, et daté du 14 décembre 1670, nous apprend que Jean-Baptiste Lully demeurait alors rue Traversière, qui fut depuis la rue Fontaine-Molière et enfin la rue Molière.

Lully était là tout porté pour suivre les progrès surprenants du quartier en formation. Aussi, au premier rang des spéculateurs les plus ardents et les plus intelligents entraînés par l'exemple des Villedo et de leurs émules, nous allons trouver l'Italien rusé qui sut mener si habilement sa double fortune d'artiste et de propriétaire, deux termes qui semblent pourtant s'exclure.

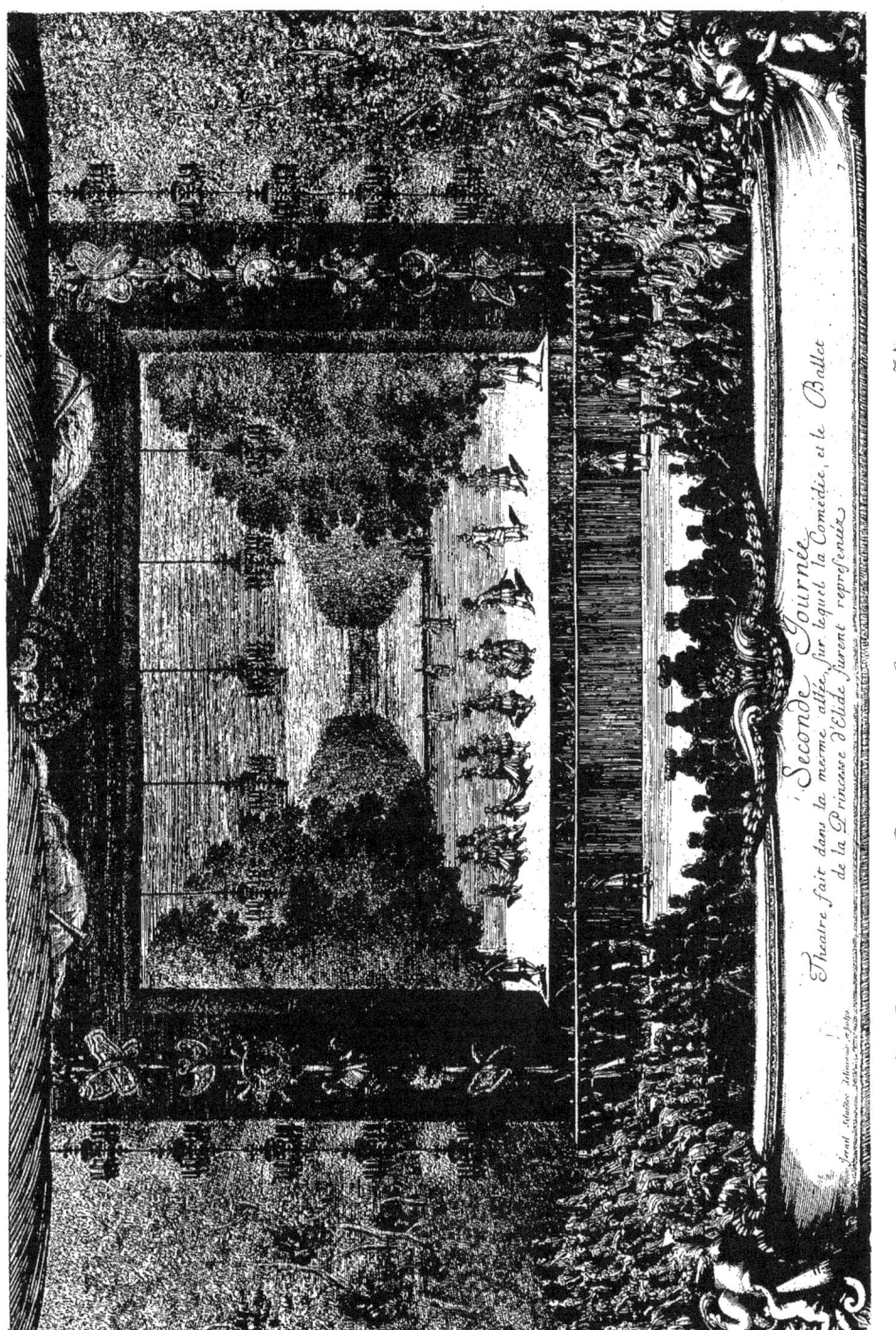

Seconde Journée.

Theatre fait dans la mesme allée, sur lequel la Comédie, et le Ballet de la Princesse d'Elide furent representez.

Le Ballet de la Princesse d'Elide dans le parc de Versailles

d'après Israel Silvestre.

II

Lully musicien.

 ULLY est un des types les plus extra-
ordinaires de l'aventurier heureux. Sa
vie est encore à écrire et ce qui le
concerne est dispersé dans les chro-
niques, les lettres, les mémoires, les
histoires scandaleuses de la seconde
moitié du xviie siècle à la cour et à
la ville. Il y tient une place considérable; il se frotte à tous les person-
nages de son temps; il est associé à tous les plaisirs du grand
roi, c'est-à-dire du royaume, et il y a là de quoi tenter un jour
quelque biographe sérieux et documentaire. Il ne perdra pas sa
peine.

Ce n'est point là notre tâche : mais il nous est impossible de
parler de Lully spéculateur et propriétaire sans tracer rapidement
les grandes lignes de la vie de l'homme et du musicien.

Disons une fois pour toutes que nous avons adopté l'ortho-

graphe française du nom de Lully par un *y*, parce que tous l
actes authentiques qui le concernent et toutes ses signatures *sa*
exception la consacrent.

Tout le monde sait que le chevalier de Guise, sur la deman
expresse de Mlle de Montpensier qui l'avait prié de lui amen
d'Italie « un joli petit Italien », ramena de Florence le jeu
Lully, gamin âgé de treize ans, à la mine futée et jouant agré
blement de la guitare. Mademoiselle ne le trouva pas « joli » e
tout et le renvoya dans ses cuisines en qualité de « galopin
ainsi qu'on appelait irrévérencieusement alors les marmitons.

Avec cette ténacité rare qui le caractérisera toute sa vi
Lully continua la musique et s'adonna à l'étude du violon av
acharnement, en attendant des jours meilleurs.

Ils ne tardèrent pas à venir : le comte de Nogent qui l'en
tendit par hasard, un jour qu'il allait voir Mademoiselle, le
remonter des cuisines au salon. Peu de temps après, le mal
garçon, déjà tourmenté par la muse, ne put résister au plaisir
tourner un couplet gaulois sur un « accident bruyant » arrivé
public à Mademoiselle. Celle-ci prit mal la chose et le chass
Mais ce qui causa sa chute au palais d'Orléans fut la cause
sa grande fortune au Louvre. Le roi rit beaucoup de son escapad
se fit présenter le héros et s'intéressa aux premiers débuts
compositeur.

Baptiste, comme on appelait alors Lully, était donc entré à
cour et le premier pas, le plus difficile, était fait. Il y arriva
avec toutes les ressources de son caractère souple et rusé,
faconde italienne, son imperturbable aplomb. Courtisan-né, il s
tout de suite plaire au roi et profiter de ces heures précieus
d'un commencement de règne où tout était jeune, depuis le r
jusqu'aux espérances. Une atmosphère de passion, d'amour et

plaisir enveloppait cette aurore radieuse et Lully eut la bonne fortune de paraître au bon moment.

En 1652 — il avait à peine vingt ans — le roi, charmé de son talent sur le violon qui, au dire de tous les contemporains, était réel, lui donna la direction d'un nouvel orchestre qu'il forma et qu'on appela la *Bande des Petits violons*. Elle ne tarda pas à supplanter *les Grands Violons,* orchestre attitré de la cour depuis Henri IV et dont le rôle s'effaça de plus en plus.

Pendant cette première période de son existence, Baptiste ne fut encore que la chrysalide de Lully. Une vie très dissipée d'artiste-bohème, dirions-nous aujourd'hui, ne l'empêcha pas de composer une quantité innombrable d'airs de chant et de danse, de morceaux de violon et même de musique religieuse dont quelques-uns sont restés dans les maîtrises de nos églises. On sait qu'on lui attribue le fameux air populaire : *Au clair de la lune.* Bientôt il n'y eut plus de fête à la cour sans musique de Baptiste. C'est à lui qu'incomba le soin d'organiser les divertissements dansés qui firent alors fureur et dans lesquels le roi lui-même ne dédaigna pas de figurer à côté de Lully qui était un mime excellent. *Alcidiane,* divertissement dont il écrivit la musique sur des paroles de Benserade, et qui fut représenté à Saint-Germain en 1658, eut, entre autres, un énorme succès.

Il avait aussi le don de faire rire le roi. Loret, dans sa *Muse historique,* le constate déjà à la date du 18 décembre 1660 :

> Ensuite on dansa le ballet,
> Peu sérieux, mais très follet,
> Surtout dans un récit turquesque
> Si singulier et si burlesque
> Et dont Baptiste était l'auteur
> Que sans doute tout spectateur
> En eut la rate épanouie.

3

La faveur royale ne tarda pas à se manifester d'une façon palpable. Le 16 mai 1661, Lully recevait le brevet de la charge de compositeur et surintendant de la musique de la Chambre du roi.

Le 3 juillet 1662, nouveau brevet de la charge de maître de musique de la famille royale. Ces deux charges lui étaient octroyées à titre gratuit et plus tard, en 1668, un brevet du roi fixait leur valeur réunie à 30,000 livres et lui en donnait la survivance pour un de ses fils.

Baptiste disparaissait peu à peu pour faire place à M. Lully. Il régularisa sa vie en épousant, en juillet 1662, la fille de Lambert, maître de musique de la cour, homme aimable et très estimé, chanteur de goût et de talent, celui dont parle Boileau dans sa fameuse satire :

> Nous n'aurons, m'a-t-il dit, ni Lambert, ni Molière.

L'honorabilité de sa nouvelle famille, la dot de 20,000 livres qu'il reçut, firent de Lully un personnage, et la seconde phase de son existence commença. Il s'était lié d'amitié avec Molière qui aimait sa tournure d'esprit et ses boutades et dont la fortune croissait en même temps que la sienne.

Cette amitié lui servit. Les pièces de Molière devinrent pour Lully prétexte à musique et, de 1664 à 1671, il composa ces nombreux ballets qui mirent le comble à sa faveur.

Huit ballets furent le fruit de cette collaboration : depuis *la Princesse d'Élide* (1664) jusqu'à *Psyché* (1671), en passant par *M. de Pourceaugnac* (1669) et *le Bourgeois gentilhomme* (1670). Le compositeur était chez lui doublé d'un metteur en scène habile, d'un chef de troupe ayant le diable au corps, enflammant ses subordonnés, musiciens et acteurs, de sa verve inépuisable, et donnant lui-même l'exemple dans quelques rôles bouffes où il était inimitable, comme le Muphti du *Bourgeois gentilhomme* ou M. de Pourceaugnac et qu'il jouait sous le nom d'*Il Signor Chiachierone (le Hâbleur)*.

Ce dernier rôle lui fut un jour fort utile. Cizeron Rival, dans *les Récréations littéraires,* raconte que Lully, ayant encouru la disgrâce de Louis XIV, joua M. de Pourceaugnac avec un tel entrain comique que, serré de près par les apothicaires, il sauta dans l'orchestre et s'effondra au milieu des débris du clavecin. Le roi n'y put tenir et rit tant qu'il fut désarmé et pardonna à Lully.

Cette seconde période fut bien employée par l'habile homme. Indispensable au roi, choyé par tous les courtisans qui se modelaient sur le maître, Lully, par ses œuvres, ses bons mots, son esprit alerte et inventif, était devenu le véritable Intendant des Menus-Plaisirs de la Cour. Le roi le comblait de présents et d'argent et consentait en 1664 à devenir le parrain de son fils aîné Louis Lully, qui plus tard se parait de son titre de « Filleul du Roy » dans un acte de partage du 8 octobre 1689.

Tant de bonheur et de succès ne suffisaient pas au compositeur. Il avait en tête un vaste projet qui lui permît de développer plus à l'aise et dans un cadre magnifique ses qualités de musicien et d'homme de théâtre. L'Opéra, avec la forme que nous lui connaissons, n'était pas encore créé, mais on s'y acheminait. Les ballets, les scènes lyriques avec danses, les divertissements où le chant et la danse étaient interrompus par les vers récités, en étaient les premiers jalons.

Les artistes italiens, appelés en France par Mazarin, avaient contribué puissamment à développer le goût de ces scènes où la musique, la poésie et la danse apportaient chacune des éléments d'art divers, mais encore mal coordonnés. Il fallait aussi compter

avec un préjugé fortement enraciné dans les esprits du temps :
on s'imaginait que les paroles françaises ne pourraient remplacer
l'italien et que la rudesse de notre langue était incompatible avec
les nécessités de la musique chantée. Il fallut de longs tâtonne-
ments pour arriver à un essai réel d'opéra en France et l'honneur
en revient certainement à Cambert. Associé avec l'abbé Perrin
pour les paroles, au marquis de Sourdéac pour les décors et au
financier Bersac de Champeron, il avait obtenu du roi le privilège de fonder « des académies d'Opéra » (sic).

Les associés, le 8 octobre 1670, louaient à M. de Laffémas le
Jeu de paume de la Bouteille, rue Mazarine, en face de la rue
Guénégaud, et se préparèrent à faire jouer *Pomone*. Cette œuvre
lyrique, qu'on peut considérer comme la première tentative d'opéra
français, fut jouée, non sans peine, pour la première fois en
mars 1671, avec un modeste succès.

Nous arrivons ici à un moment critique de la vie de Lully. Il
est de mode aujourd'hui de considérer Cambert comme une vic-
time et Lully comme son bourreau. Il est certain qu'au moment
où Cambert sembla près de réaliser la fondation d'un théâtre
« d'opéras », Lully, se servant de sa situation exceptionnelle à la
cour, intrigua auprès du roi pour faire tourner à son profit l'évo-
lution musicale qui se préparait.

Mais pourquoi refuser à Lully le droit d'avoir eu, en même
temps que Cambert, l'idée de l'opéra français, qui était dans l'air,
dont on pressentait l'avènement et que les ballets dansés et
mimés de Lully lui-même n'avaient pas peu contribué à accli-
mater?

Il y a là une querelle d'inventeur terriblement complexe et
nous sommes heureux, dans ce rapide exposé de faits, de n'avoir
pas à prendre parti. Les faits eux-mêmes sont d'ailleurs très

embrouillés. La discorde, qui se mit bientôt entre les associés de la nouvelle entreprise, favorisa singulièrement la cause de Lully.

Cette division engendre une quantité de procès où plaident les uns contre les autres Cambert, Sourdéac brouillé avec Perrin qu'il avait remplacé par le poète Gilbert, Perrin associé de nouveau avec le poète Guichard et l'obscur musicien Granouillet de Sablières.

Lully se jette intrépidement dans cet imbroglio en faisant révoquer le premier privilège de Perrin et cesser l'exploitation de la rue Guénégaud. Puis, il attaque la nouvelle association Guichard et Granouillet en achetant à Perrin son privilège en cours. La violence des adversaires fut telle que si Lully accusa Guichard d'avoir voulu l'empoisonner et le fit emprisonner de ce fait, les adversaires de Lully, qui n'avaient pas encore désarmé cinq ans après, ne craignirent pas de prétendre, lors de la mort de Cambert à Londres, en 1677, que Lully l'avait fait assassiner...

De pareils procédés de discussion rendent la postérité méfiante et sceptique. On ne saurait cependant nier que Cambert, vaincu par Lully, fut obligé de s'expatrier. Mais il mourut en Angleterre, honoré et surintendant de la musique du roi Charles II et non aussi misérable que la passion aveugle de cette lutte voudrait nous le faire croire.

Nous ne voulons pas dire que Lully agit en tout cela en homme désintéressé et d'une loyauté indiscutable. Nous avons commencé par le déclarer : c'était avant tout un aventurier et de plus un Italien. Or, à cette époque, les artistes italiens venus à la suite des Médicis et des Mazarin se considéraient depuis longtemps en France comme en pays conquis. Ce vice d'origine, cette

absence de caractère élevé, fruit du manque d'éducation première,
qui lui fit écarter Molière, son ami et son collaborateur, pour
garder seul le privilège de l'Opéra, expliquent, sans l'excuser, chez
Lully, l'homme qui ne s'embarrasse pas des principes et qui va
droit sans scrupule à son but.

Mais ne faisons pas trop d'honneur à son habileté ; s'il réussit,
ce fut par une raison bien simple : le roi était avec lui. Voilà la
brutalité du fait. Il n'ôte rien à la valeur personnelle des deux
artistes. Si Cambert fut un musicien de talent, on ne saurait
refuser à Lully d'avoir été un inventeur dans son art.

Soutenu par le roi, il obtint enfin, le 29 mars 1672, ces
fameuses lettres patentes lui octroyant le privilège de « l'Académie
Royale de musique ». Il eut toutes les peines du monde à les
faire enregistrer et ne triompha de la mauvaise volonté des
bureaux, qui prenaient parti pour Cambert, que grâce à l'appui
de Colbert. Le fait est constaté par une lettre de Lully au grand
ministre, citée par MM. Nuitter et Thoinan dans leur intéressant
ouvrage, *les Origines de l'Opéra* : « Vous sçavez, Monseigneur,
écrivait Lully, que je n'ai pas pris d'autre route dans toute cette
affaire que celle que vous m'avez prescrite. »

Tous les obstacles surmontés, sans perdre une minute, il fait
aménager une salle rue de Vaugirard, en face du jardin du Luxem-
bourg, sur l'emplacement du Jeu de paume de Bel-Air.

« Il avait eu auparavant la précaution — dit Piganiol de la
Force dans sa *Description historique de la Ville de Paris,* écrite
durant la première moitié du xviiie siècle — de s'attacher deux
hommes excellents en leur genre, Quinault pour la poésie lyrique
et Vigarani (sieur de Saint-Oüen) pour les machines. L'ouverture
de ce nouveau théâtre se fit le 15 novembre 1672 et l'on commença par plusieurs fragments de musique que Lully avait com-

posés pour le Roy, entre autres par *les Fêtes de l'Amour et de Bacchus.* »

Ce fut le premier opéra français officiel et le point de départ de la troisième phase de l'existence du compositeur. Il n'était plus question de Baptiste, et M. Lully allait bientôt devenir M. de Lully.

Une nouvelle chance vint encore le favoriser. « La mort de Molière, arrivée le 17 du mois de février (1673), — dit encore Piganiol, — inspira au Roy le dessein de faire un changement dans les théâtres de Paris. La salle du Palais-Royal, qui servait depuis l'an 1661 aux représentations de la troupe de Molière, fut donnée à Lully. »

Il entrait ainsi du coup en possession d'une installation complète, d'une salle consacrée, d'une scène spacieuse et bien aménagée, tout cela situé dans le plus brillant quartier du nouveau Paris d'alors.

Pendant une longue période de quinze ans, de 1672 à 1687, Lully, avec une fécondité qui ne se lassa pas, produisit dix-huit opéras, depuis *les Fêtes de l'Amour* jusqu'à *Acis et Galatée,* sans compter des divertissements comme *le Carnaval* de 1675 ou *l'Églogue de Versailles* (1685), et, lorsqu'il mourut, il était en train d'écrire le dix-neuvième, *Achille et Polyxène.* C'était Campistron qui était l'auteur des paroles, Quinault ayant renoncé de lui-même à sa longue et fidèle collaboration. Colasse termina la partition.

Pendant tout ce temps, Lully veillait avec un soin jaloux à faire maintenir son privilège exclusif. Il existe aux Archives Nationales toute une série d'ordonnances royales rendues à cette intention : comme celle du 12 août 1672 défendant aux autres théâtres d'avoir « plus de six violons ou douze musiciens », leur interdisant de prendre des artistes ou danseurs ayant joué sur son théâtre

« sans le congé expresse et par écrit du sieur Lully »; ou bien celle d'avril 1673 contraignant les autres théâtres à ne pas se servir de plus de « deux voix et six violons » dans leurs représentations.

Aucun auteur ne put se faire jouer pendant cette période de quinze années. En janvier 1681, une lettre du secrétariat du roi à M. de la Reynie disait. « ...A l'égard de l'opéra que ledit sieur Lalouette a fait, Sa Majesté estimant qu'il est contraire au privilège de Lully, Elle m'ordonne de vous dire que son intention est que vous en empêchiez la représentation. »

En 1684, nouvelle ordonnance royale, datée de Versailles, « portant défense d'establir des opéras dans le Royaume sans la permission du sieur Lully » sous peine de cinq cents livres d'amende par chaque contravention au profit de l'hôpital où aura lieu le délit. Cette ordonnance, en outre, confirme tous les privilèges de Lully et toutes les ordonnances précédentes.

Elles montrent à quel degré d'autorité était parvenu le musicien courtisan.

Au mois de décembre 1681, il obtenait du roi sa naturalisation et des lettres d'anoblissement, consécration obligée dans la société fermée et hiérarchisée du temps et que Louis XIV sut d'ailleurs accorder à toutes les supériorités qui l'entouraient.

De Baptiste à M. de Lully la distance était grande. Le chemin parcouru l'avait été si rapidement, la fortune avait été si constante pendant tout le trajet, qu'une foule d'envieux n'avaient pas manqué de surgir de toutes parts.

Nous ne pouvons mieux donner l'idée de la situation qu'en empruntant les paroles d'un quasi-contemporain. Dans sa *Comparaison de la musique italienne et de la musique française*, parue en 1705, à Bruxelles, Jean-Louis Le Cerf de la Viéville de la

Fresneuse va nous édifier sur l'opinion des gens de son temps à l'endroit de Lully. Il y a dans cette œuvre, évidemment bienveillante pour Lully et la musique française, une impression de vérité et de naïveté sincère qui lui donne, malgré tout, un intérêt et une autorité considérables pour tout ce qui touche Lully. Le Cerf s'est visiblement efforcé de reproduire, dans ces dialogues sur la musique, les opinions courantes du moment. S'il n'a pas vu Lully lui-même, il a pu du moins recueillir de la bouche de ceux qui l'avaient approché les récits et les anecdotes qu'il nous transmet. C'est une sorte de tradition orale sur Lully qu'il a fixée, et, de plus, il nous apprend ce qu'on pensait du musicien et de son œuvre dix-huit ans après sa mort.

Si nous insistons sur l'œuvre de Le Cerf, c'est qu'elle est en définitive une des principales sources où l'on ait puisé des renseignements sur Lully. Et cela sans vergogne. Ni Boscheron dans sa *Vie de Quinault* parue en 1715, ni Titon du Tillet dans son *Parnasse français* de 1732, ni François Le Prévost d'Exmes, qui écrivait son *Lully musicien* vers 1800, ne se sont fait faute de piller outrageusement, de copier ou de dénaturer à qui mieux mieux le pauvre Le Cerf de la Viéville, sans citer son nom, bien entendu. Cet exemple a été suivi scrupuleusement jusqu'à nos jours par presque tous les dictionnaires biographiques.

Voici comment s'exprime Le Cerf :

« Le Roy lui (à Lully) avait donné des lettres de noblesse. C'en était assez. Mais quelqu'un lui alla dire qu'il était heureux que le Roy l'eût ainsi exempté de suivre la route commune qui est qu'on aille à la gentilhommerie par une charge de secrétaire du Roy ; que s'il avait eu à passer par cette porte elle lui aurait été fermée et qu'on ne l'aurait pas reçu. Un homme de cette compagnie s'était, je pense, vanté qu'on refuserait Lully s'il se présentait, à

quoi les grands biens qu'il amassait faisaient juger qu'il pourrait
songer quelque jour. Lully avait moins d'ambition que de bonne
fierté à l'égard de ceux qui le méprisaient. Pour avoir le plaisir
de morguer ses ennemis, il garda ses lettres de noblesse sans les
faire enregistrer et ne fit semblant de rien. En 1682, on rejoua
à Saint-Germain *le Bourgeois gentilhomme,* dont il avait composé la musique. Il chanta lui-même le personnage du Muphti
qu'il exécutait à merveille. Toute sa vivacité, tout le talent naturel
qu'il avait pour déclamer se déployèrent là, et quoiqu'il n'eût
qu'un filet de voix et que ce rôle paraisse fort et pénible, il
venait à bout de le remplir au gré de tout le monde. Le Roy
qu'il divertit extrêmement lui en fit son compliment. Lully prit
cette occasion de ruer son coup : « Mais, Sire », lui dit-il, « j'avais
« dessein d'être secrétaire du Roy. Vos secrétaires ne me voudront
« plus recevoir. — Ils ne voudront plus vous recevoir ? » repartit le
souverain en propres termes, « ce sera bien de l'honneur pour eux.
« Allez, voyez M. le chancelier. » Lully alla du même pas chez
M. Le Tellier et le bruit se répandit que Lully devenait M. le
secrétaire. Cette compagnie et mille gens commencent à en mur-
murer tout haut. « Voyez-vous le moment qu'il prend ! A peine
« a-t-il quitté son grand chapeau de Muphti qu'il ose prétendre à
« une charge, à une qualité honorable. Ce farceur encore tout
« étouffé des gambades qu'il vient de faire sur le théâtre demande
« à entrer au Sceau ! » M. de Louvois, sollicité par MM. de la chan-
cellerie et qui était de leur corps parce que les secrétaires d'État
doivent être secrétaires du Roy, s'en offensa fort. Il reprocha à
Lully sa témérité qui ne convenait pas à un homme comme lui
qui n'avait de recommandations et de services que d'avoir fait
rire. « Hé ! tête bleue, lui répondit Lully, vous en feriez bien
« autant si vous pouviez. » La réponse était gaillarde. Il n'y

avait dans le Royaume que M. le maréchal de La Feuillade et Lully qui eussent répondu à M. de Louvois de cet air. »

Malgré tout, le 29 décembre 1681, on expédia les lettres de secrétaire du roi et Lully se vengea, paraît-il, noblement.

« Le jour de sa réception il donna un magnifique repas, une vraie fête aux anciens et gens importants de la compagnie et le soir un plat de son métier : l'opéra. Ils étaient vingt-cinq ou trente qui, ce jour-là, y avaient comme de raison les meilleures places... M. de Louvois même ne crut pas devoir garder sa mauvaise humeur. Suivi d'un gros de courtisans, il rencontra bientôt après Lully, à Versailles. « Bonjour, lui dit-il en passant, bonjour, « mon confrère » ; ce qui s'appela alors un bon mot de M. de Louvois. »

Il nous a paru intéressant de donner en entier ce petit tableau de cour pris sur le vif. C'est une peinture de mœurs pleine de traits et de détails que l'on sent exacts et qui soulignent à la fois la singulière faveur dont jouissait Lully auprès du roi, l'envie qu'elle soulevait autour de lui, et l'habileté, faite d'apparente bonhomie et de finesse, avec laquelle l'audacieux artiste sut naviguer sur cette mer, hérissée d'écueils, de la cour pour parvenir au sommet des honneurs.

Il ne jouit que pendant cinq années de toutes ces dignités accumulées. La vie fiévreuse qu'il avait menée, les fatigues incessantes de l'impresario toujours sur la brèche aggravèrent rapidement une blessure qu'il s'était faite au pied avec sa canne, dans un mouvement de mauvaise humeur pendant une répétition, et il mourut le 22 mars 1687, âgé seulement de cinquante-quatre ans.

Lully s'était fait bien des ennemis par ses succès, ses mots piquants, ses audaces de parvenu. Parmi eux on comptait Boileau et surtout La Fontaine, dont la cruelle satire : *le Florentin,* fut la vengeance du poète froissé par le refus de Lully de mettre en musique son poème de *Daphné* que le musicien trouvait mal coupé. Mais il comptait aussi de solides amitiés et les regrets sincères ne manquèrent pas à sa mémoire.

Le poète Lignières fut l'interprète de ses défenseurs contre La Fontaine dans une pièce à couplets dont celui-ci a survécu :

> Ah ! que j'aime La Fontaine,
> D'avoir fait un opéra !
> On verra finir ma peine
> Aussitôt qu'on le jouera.
> Par l'avis d'un fin critique,
> Je vais me mettre en boutique
> Pour y vendre des sifflets :
> Je serai riche à jamais.

Le roi fut très affligé de la mort de Lully. Le chevalier de Lorraine, le prince de Conti, le comte de Fiesque lui témoignèrent la plus grande amitié. MM. de Vendôme l'entourèrent de soins dans sa dernière maladie et l'assistèrent jusqu'à la fin.

Si la faveur du maître entraîna celle de certains courtisans, il est incontestable que son caractère enjoué et son goût pour le plaisir le faisaient rechercher des grands seigneurs qui aimaient à l'avoir à leurs fêtes. « Dans la conversation, dit Le Cerf de la Viéville, il avait une vivacité fertile en saillies et en traits originaux....., il fut fêté et caressé par tous les gens de la cour. »

> . . . . Baptiste, le très cher,
> N'a point vu ma courante et je le vais chercher,

s'écrie le courtisan musicien des *Fâcheux*.

Pensons donc, avec Le Cerf, qui écrivait assez longtemps après sa mort pour n'avoir pas à le ménager, tout en pouvant s'éclairer auprès de ceux qui l'avaient fréquenté, qu'il y avait dans l'homme et dans l'artiste assez de qualités pour justifier ses succès et ses hautes amitiés.

Que faut-il penser de la musique de Lully? C'est une question qui fera peut-être sourire la grave et savante critique moderne. Cependant, il lui serait bien impossible de parler des origines de la musique française sans rencontrer Lully au moment précis d'une de ses plus importantes évolutions.

Disons tout d'abord que Lully, quoique né en Italie, « appartient entièrement, comme le dit bien George Hogarth dans sa *Musical history,* à l'histoire de la musique en France ».

Il n'y a pas, en art, de faits isolés, et Lully n'ignora pas les grands Italiens de son temps, les Cavalli, les Carissimi, etc.; mais, venu enfant en France, son éducation musicale fut toute française, et les organistes Gigault et Roberdet, les pontifes de la fugue et du contrepoint, furent ses austères instituteurs.

Ce qui caractérise avant tout Lully, c'est qu'il est un inventeur et un précurseur. Quelque simple que soit sa phrase musicale, quelque limitées que soient les ressources de sa science harmonique, il n'en est pas moins un innovateur et un créateur de formes artistiques nouvelles. Il peut partager avec Cambert la gloire d'avoir eu l'idée de mettre en musique le drame lyrique et d'en faire l'opéra, mais ses qualités naturelles peuvent s'appeler du génie : il eut, au plus haut degré, le sentiment dramatique et Fétis constate avec raison qu'il y puisait « une force d'expression qui reste toujours belle ». Dans *Alceste,* dans *Armide,* dans *Thésée,* son récitatif, d'un accent toujours juste, dit clairement et puissamment ce qu'il faut. Le premier, il a su déclamer en musique et il a trouvé du premier coup le *style* dans cette nouvelle forme. C'est ce qui a permis à sa musique de durer jusqu'après

Rameau, et il ne fallut rien moins que les sublimes accents de Gluck pour la faire oublier.

Lully eut le bonheur de rencontrer, dès la première heure, parmi ses contemporains des admirateurs convaincus. Mme de Sévigné écrivait, après une répétition de *Cadmus :* « Il y a des endroits de la musique qui m'ont déjà fait pleurer. Je ne suis pas seule à ne pouvoir la soutenir. L'âme de Mme de La Fayette en est tout alarmée. » Dix ans après sa mort, Charles Perrault, dans *les Hommes illustres,* datés de 1697, s'exprimait ainsi :

« M. de Lully a fait chanter toutes les parties presque aussi agréablement que le dessus ; il y a introduit des fugues admirables et surtout des mouvements tout nouveaux et jusque-là presque inconnus de tous les maîtres ; il a fait entrer agréablement dans ses concerts jusqu'aux tambours et aux timbales, instruments qui, n'ayant qu'un seul ton, semblaient ne pouvoir en rien contribuer à la beauté d'une harmonie ; mais il a su donner des mouvements si convenables aux chants où ils entraient, qui la plupart étaient des chants de guerre ou de triomphe, qu'ils ne touchaient pas moins le cœur que les instruments les plus harmonieux...

« Quand il est venu en France, il y avait près de la moitié des musiciens qui ne savaient pas chanter à livre ouvert..... Aujourd'hui, il n'y a presque plus de musiciens, soit de ceux qui chantent, soit de ceux qui jouent des instruments, qui n'exécutent sur le champ tout ce qu'on leur présente. »

Ainsi Lully fut un novateur en modifiant profondément l'orchestre par l'introduction des instruments à vent et de percussion. Il fut un éducateur en élevant considérablement le niveau des études musicales autour de lui. C'était un maître qui avait le feu sacré, malgré ses emportements. Plus d'une fois, Le Cerf en témoigne, il a rompu son violon sur le dos de celui qui ne se conduisait pas à son gré. Mais il arrivait à ses fins et ses leçons portaient des fruits. Grâce à lui, la mise en scène, les costumes, les décors, prirent un essor sans pareil. Le premier, il osa, dès *les Fêtes de l'Amour,* faire danser les femmes sur le théâtre et il mit fin au grotesque rôle des danseurs travestis.

Si Rameau eut un génie plus sévère, si sa science sut trouver de nouveaux procédés d'orchestration, il n'en est pas moins le continuateur de Lully. Gluck les continua tous les deux à son tour avec toute la puissance d'un génie supérieur, en persistant comme eux à mettre avant tout *l'expression dramatique* et en opposant cette expression juste et sobre aux mélodies à côté et aux fioritures italiennes.

« Lully ne chante pas, dit Blaze de Bury, un des fins critiques de notre temps, il récite, il déclame : c'est la tragédie mise en musique plutôt que l'opéra », et il cite cette anecdote bien typique tirée de l'*Apologie de la musique et des musiciens français* de J. J. Rousseau : « On pria un jour la célèbre Mlle Le Couvreur de déclamer ce morceau (le monologue d'*Armide* de Lully : *Enfin il est en ma puissance*) dans le ton et avec cette intelligence avec lesquels elle rendait si bien la nature. Elle l'exécuta et on fut agréablement surpris de voir jusqu'à quelle précision Lully, par sa musique, se trouvait d'intelligence avec elle. »

Assurément, la déclamation, si juste qu'elle soit, ne suffit pas à remplir une partition d'opéra, et Mozart, Weber, Rossini ou Meyerbeer y ajoutèrent bien quelque chose. Mais il ne faut pas trop en demander à Lully ; il ne faut pas perdre de vue que, le premier, il mit des notes sous le drame et que si son œuvre est entachée de quelque sécheresse ou de monotonie, elle fut écrite dans le milieu et au moment précis où se développait la tragédie classique dans toute sa faveur.

Il est curieux de remarquer que ce principe trouvé par Lully : « la vérité dans la déclamation », pour employer l'expression de M. Camille Bellaigue, est le lien qui rattache Lully à Berlioz et à Wagner, en passant par Rameau et Gluck. Certes, Gluck l'a fortifiée de son incomparable génie et Wagner, bien heureusement pour nos oreilles, ne se contente pas de « déclamer » ; il chante souvent avec un souffle de divine inspiration qui n'a jamais été surpassé. Mais n'oublions pas pour cela le vieux Lully et gardons-nous du moindre dédain pour « l'ancêtre ».

Lully homme d'affaires et propriétaire.

PRÈS avoir parcouru les étapes si remplies de l'existence de Lully, après l'avoir vu à la fois compositeur d'une rare fécondité, directeur absolu des divertissements d'une cour élé·gante et toujours en fête, souverain autocrate du premier théâtre du royaume, on se demande comment il a pu trouver le temps, mourant à cinquante-quatre ans, de s'occuper de sa fortune particulière. Et pourtant on se tromperait fort si l'on s'imaginait que l'artiste était détaché des biens de ce monde !

Ses ennemis l'ont appelé « le ladre ». Le Cerf de la Viéville avoue lui-même qu' « il avait pris l'inclination d'un Français un peu libertin pour le vin et pour la table et gardé l'inclination italienne pour l'avarice. » Mais il ne faut pas prendre ces témoignages tout à fait au pied de la lettre : ils expriment surtout l'étonnement des contemporains, en voyant l'homme d'imagination doublé d'un homme d'affaires des plus habiles.

Nous savons par les écrits du temps que Madeleine Lambert, la femme de Lully, était une maîtresse de maison très ordonnée et qu'elle contribua beaucoup à la prospérité commune. Elle veillait aux recettes et aux dépenses de son mari qui « prenait pour ses menus-plaisirs, dit Le Cerf, le débit de ses livres et laissait sa femme gouverner le reste. »

Cette bonne administration intérieure, cette sollicitude constante à l'endroit des intérêts de la famille furent certainement des éléments importants dans la fortune de Lully. On peut y trouver, dans une certaine mesure, l'explication des biens considérables qu'il a laissés. Mais ce qui lui appartient en propre, ce sont les moyens employés pour arriver à la fortune.

S'il fut comblé de dons et d'argent par le roi, si ses opéras lui donnaient de forts droits d'auteur, si l'administration de l'Académie royale de musique lui rapportait de gros bénéfices, c'est lui seul qui eut l'idée de consacrer une grande partie de ces ressources à suivre le mouvement des spéculateurs qui couvraient de maisons neuves les terrains de la Butte des Moulins.

Nous avons vu que, dès 1670, Lully habitait rue Traversière, dans le nouveau quartier à la mode et sur le champ de bataille même où il allait opérer.

Très au courant de ce qui se passait, lui seul, il exécuta ses combinaisons, négocia ses achats de terrains, dirigea ses constructions multiples. Toutes les pièces authentiques que nous avons eues entre les mains concernant ces opérations compliquées, tous les marchés avec les entrepreneurs, et, plus tard, toutes les locations, conventions et baux sont, tous sans exception, signés : Lully, et jamais un fondé de pouvoirs ne l'a remplacé.

C'est là un exemple extraordinaire d'activité humaine et il est curieux de trouver dans un même personnage un dualisme aussi complet.

Avant d'aborder l'étude de la fortune immobilière de Lully, indiquons succinctement, son testament et son inventaire sous les yeux, les principaux biens mobiliers et l'argent liquide constatés à son décès. C'est là tout spécialement l'œuvre de la femme, de l'habile et prudente ménagère.

« L'an mil six cent quatre-vingt-sept, le jeudi 3 avril et jours suivants », l'inventaire mentionnait :

« Dans l'écurie :

« Deux chevaux de carrosse hors d'âge ;

« Un autre cheval sous poil noir. »

L'argenterie était prisée 16,707 livres ;

Les pierres et diamants 13,000 livres ;

Cinquante-huit sacs remplis de louis d'or, doublons d'Espagne, etc., montaient à la somme considérable de 250,000 livres.

Cinq titres de rentes, de 1,000 livres de rente chacun, constituaient à son profit 5,000 livres de rente.

Nous avons vu que ses deux charges à la cour de surintendant de la musique de la Chambre et de maître de musique de la famille royale représentaient la somme de 30,000 livres.

Le 3 avril 1687, le jour même où commençait l'inventaire, sa charge de conseiller secrétaire du roi était vendue au sieur Le Comte 71,000 livres.

Nous négligeons les meubles meublants. La description de l'appartement où il mourut dans sa maison de la rue de la Madeleine, et que nous donnerons plus loin, indiquera suffisamment leur grosse valeur.

Quant aux meubles qui garnissaient l'appartement dont il avait

la jouissance à la grande écurie de Versailles, ils nécessitèrent
l'estimation « du sieur Jean-Baptiste Bérain, dessinateur ordinaire
du Cabinet du Roy, demeurant aux galleries du Louvre », qui fut
commis à cet effet par ordonnance de M. le lieutenant civil.

Passons maintenant en revue les immeubles de Lully, son
œuvre bien personnelle.

L'inventaire énumère toute une série de titres de propriétés
que nous avons complétés par un document officiel : l'*État de partition de la ville et des faubourgs de Paris*. Cette pièce importante,
qui fait partie des manuscrits de la Bibliothèque Nationale, établit,
au 1er janvier 1684, le recensement complet des maisons des seize
quartiers et des faubourgs de Paris, avec les noms des propriétaires.

Nous y lisons :

QUARTIER DU PALAIS ROYAL

Rue Royale (anciennement des Moulins).

No 842 — La maison du sieur de Lully occupée par plusieurs. (C'est celle qui
porte aujourd'hui le no 10 de la rue des Moulins.)

Rue Neuve-des-Petits-Champs.

No 844 — La maison du sieur de Lully occupée par plusieurs. (Elle porte
actuellement le no 47.)

No 845 — Autre maison du sieur de Lully occupée par plusieurs. (Elle porte
le no 45 et fait le coin de la rue Sainte-Anne. C'est l'Hôtel Lully.)

Rue Sainte-Anne.

No 847 — La maison du sieur de Lully occupée par plusieurs. (Elle porte
le no 43.)

A LA VILLE L'ÉVESQUE

Rue de la Magdeleine.

No 1115 — La maison du sieur de Lully occupée par lui. (La rue s'appelle
maintenant rue Boissy-d'Anglas et la maison porte le no 28.)

Ainsi, en janvier 1684, trois ans avant son décès, Lully se trouvait propriétaire de cinq immeubles. Toutes ces maisons, il les avait fait construire lui-même, sous ses yeux, par Jean-Baptiste Predo, mi-architecte, mi-maçon, ce qu'on appellerait aujourd'hui un entrepreneur général. Les pièces trouvées chez lui et figurant à l'inventaire indiquent même de la part de Lully une ingérence inusitée dans les détails et qui restreignait souvent le rôle de cet entrepreneur. En effet, bon nombre de marchés avec des serruriers, menuisiers ou autres, sont directement conclus par lui. Rien que pour la maison de la rue de la Madeleine, qui est d'ailleurs importante, l'inventaire constate une liasse de 53 pièces, toutes signées : Lully.

L'achat des terrains et la construction de ces cinq immeubles, dont les façades sont en pierre de taille et les balcons en fer forgé d'un joli dessin, représentent une somme de travail, de pourparlers, de négociations dont le poids fut supporté intrépidement, pendant dix-sept ans, par Lully. Mais cette étonnante vie, en partie double, de l'impresario et du spéculateur, l'excitation cérébrale qui en résultait, ont certainement contribué à abréger ses jours.

La plus intéressante pour nous de ces maisons est celle qui forme l'encoignure de la rue Sainte-Anne et de la rue Neuve-des-Petits-Champs et que nous appellerons, pour plus de clarté, l'*Hôtel Lully*. Elle mérite que nous l'étudiions séparément.

Contentons-nous de quelques mots sur les autres.

La maison de la rue Sainte-Anne, un peu au-dessus de l'Hôtel Lully, a 12 mètres environ de façade, trois étages carrés et un comble et cinq fenêtres à chaque étage. L'inventaire ne nous fournit sur elle aucun renseignement particulier.

La maison sise rue Neuve-des-Petits-Champs, à côté de l'Hôtel

Lully, a environ 11 mètres sur la rue et quatre fenêtres à chaque étage. Elle a été surélevée et dénaturée, ainsi qu'en témoignent les termes du premier bail, du 15 juillet 1671, fait par Lully à « Haute et puissante dame Françoise-Magdeleine de Forceville, femme de Haut et puissant seigneur Jean de Schlemberg, comte de Montdejeu, maréchal de France », et qui s'exprime ainsi :

« Une maison à porte cochère, consistant en un corps de logis double sur la rue Neuve-des-Petits-Champs, proche l'hôtel de M. de Lyonne, secrétaire d'État..... rez de chaussée, entresol et deux étages carrés consistant chacun en quatre pièces de plein pied..... le premier des deux étages orné et enrichi de fort belles dorures et peintures et tableaux aux plafonds des planchers, avec sculpture et architecture tant aux corniches qui sont au pourtour des lambris qu'aux manteaux des cheminées d'ycelles aussi avec dorure, etc. »

On voit que Lully n'avait rien négligé pour attirer les locataires de distinction.

Le prix du bail est à noter : 1,800 livres, plus 20 livres de sucre royal. Cette redevance avait son importance. Le sucre qu' « aux jours de Louis XIV, nous dit Brillat-Savarin, on ne trouvait que chez les apothicaires », était une denrée fort chère, fournie par la canne à sucre de nos lointaines colonies des Antilles.

Le 24 septembre 1674, en l'étude de Me Charles, notaire à Paris, Lully achetait à Messire Prosper Bauyn, conseiller du Roy en ses conseils et maître de sa Chambre aux deniers, une nouvelle place à bâtir de 6 toises de face sur la rue Royale (ou des Moulins) et de 12 toises de profondeur pour la somme de 12,000 livres. C'était une superficie de 72 toises, qui revenait à 166 livres la toise carrée ou 40 livres à peu près le mètre superficiel. La maison bâtie sur ce terrain a 12 mètres de façade, cinq fenêtres en largeur et trois étages et un comble.

Quatorze mois après l'acquisition du sol, la maison était construite, et, dès le 24 février 1676, Lully trouvait sans peine des locataires d'importance. Il la louait 1,800 livres au sieur Jean Arnault, conseiller du Roy, qui, ainsi qu'on le voit, ne craignait pas « d'essuyer les plâtres ». Peut-être mourut-il de sa témérité, car il disparaît au bout d'un an, et le 24 août 1677, un nouveau bail de cette même maison était consenti par Lully à « Messire Jacques de Manse, conseiller du Roy, trésorier général des véneries, fauconneries et tailles des chasses de Sa Majesté, et à dame Catherine Talon, son épouse ».

Plus tard, le 17 juillet 1680, le marquis de la Poupelinière, seigneur d'Arvaux et autres lieux, et, le 8 avril 1682, Armand Deschamps, chevalier, vicomte de Marsilly, devenaient les locataires de cette même maison, dont le prix était toujours fixé à 1,800 livres. Mais on y ajoutait la redevance annuelle de 12 livres de sucre royal, stipulée en faveur de « Madame, espouse du dit sieur Lully ».

Ces heureuses spéculations, dans le quartier de la Butte des Moulins, enhardirent tout à fait Lully, qui, franchissant l'enceinte de la ville et marchant d'instinct vers l'Ouest, n'hésita pas à acquérir de nouveaux terrains dans le faubourg Saint-Honoré.

Les deux éditions du plan de Blondel nous montrent aussi de ce côté un mouvement marqué. Sur celle de 1676, le faubourg est à peine indiqué en amorce. Dans l'édition de 1707, on le voit, au contraire, bordé de maisons sans interruption jusqu'à la rue des Saussayes et traversant les rues d'Anjou et de la Madeleine.

C'est dans cette dernière rue que l'intrépide Lully achetait,

le 5 octobre 1682, en l'étude de Mᵉ Simon Moufle, notaire à
Paris, de Messire Félix du Verger, officier de la grande-écurie
du Roy, une maison et un jardin sis « à la Ville l'Évesque lès
Paris », d'une contenance de 609 toises, moyennant 6,640 livres.

Le 29 février 1684, un contrat de vente consenti par Pierre
Gillot, procureur au Parlement, et Élisabeth Gorillon, sa femme,
rendait Lully propriétaire « d'une maison et jardin clos de mur,
contenant tout un arpent, scize au lieu dit la Ville l'Évesque lès
Paris ». La vente était faite « à la charge de payer et continuer
à la cure de la paroisse de la Ville l'Évesque 20 livres de rente,
et, en outre, moyennant le prix et la somme de 4,000 livres ».

Ces deux acquisitions mettaient Lully en possession d'un
magnifique terrain qui comprenait une grande partie du marché d'Aguesseau actuel, et sur la première partie duquel il avait
bâti un important immeuble développant une façade de près de
20 mètres.

La famille de Lostanges, qui donna en Limousin les marquis
de Lostanges, de Saint-Alvère, de Cadrien et de Beduer, s'en
rendit acquéreur à la liquidation qui suivit la mort de la veuve
de Lully, et l'augmenta et le modifia sensiblement au cours du
xviiiᵉ siècle.

C'est dans cette maison, contrairement à ce que disent beaucoup de biographes, que Lully vint s'installer, à une date qu'il
nous est facile de déterminer. Le 11 septembre 1683, il signait
un bail à messire Guillaume de la Fond Boisguérin, sieur des
Ouillères, et à dame Antoinette du Ligier de la Garde, son épouse,
où il était encore domicilié rue Sainte-Anne. L'état de partition
de la ville et des faubourgs de Paris constatant, au 1ᵉʳ janvier 1684,
son domicile rue de la Madeleine, c'est donc à la fin de l'année 1683 qu'il quitta l'hôtel de la rue Sainte-Anne.

C'est rue de la Madeleine qu'il mourut trois ans après, ainsi que l'établit « l'extrait des Registres de l'église paroissiale de Sainte-Magdeleine de la Ville l'Évesque, faubourg Saint-Honoré », délivré à la famille le 11 mai 1687.

Pourquoi cet exode, après s'être installé luxueusement, comme nous le verrons bientôt, dans son hôtel rue Sainte-Anne? Lully, toujours âpre au gain, trouva-t-il à louer avantageusement les lieux qu'il occupait? Voulut-il, sentant la fatigue, aller respirer un air plus pur hors les murs et jouir d'une sorte de retraite champêtre sans trop s'éloigner de la ville et de l'Opéra? Nous en sommes réduits, jusqu'à présent, aux conjectures. Toujours est-il qu'il était à la Ville l'Évesque, entouré d'un grand jardin et beaucoup plus largement logé. Son inventaire nous édifie sur ce dernier point, dans une sorte d'état des lieux qu'il habitait, ainsi conçu :

Cour, cuisine, salle des communs, garde-manger, petite salle par le bas ayant issue sur le jardin et dépendant de l'aile droite de la dite maison, office, écuries, grand salon faisant face sur la cour, grande chambre à côté du dit salon, petite chambre à côté de la susdite, antichambre sur l'aile droite, grande chambre de la dite aile droite, chambre au second étage ayant vue sur la rue, qui est celle de la dite dame veuve, chambre de Monsieur François, chambre servant de garde-robe à la dite dame veuve, chambre au dit second étage sur l'aile droite, autre chambre attenant, *qui est celle où le dit sieur de Lully est décédé,* chambre au troisième étage ayant vue sur la rue, autre chambre dans le passage qui conduit de l'une des ailes de la dite maison à l'autre, petite chambre proche celle du défunt, garde-meuble, cabinet au bout de l'aile droite de la dite maison au premier étage ayant vue sur la cour et sur le jardin, antichambre ayant son entrée par le grand escalier du côté gauche et qui a vue sur la rue, grande chambre attenant, autre chambre de la dite aile gauche, cabinet qui a vue sur le jardin de l'aile gauche.....

Bien que cette nomenclature soit un peu confuse, elle nous indique suffisamment une très importante installation.

Outre les locations principales, dont nous avons cité quelques titulaires de marque, Lully louait encore des boutiques aux rez-de-chaussée et certaines dépendances dans ses maisons, qui augmentaient sensiblement leur produit.

Il ne s'en tint pas là, et fut encore propriétaire aux environs de Paris. Son inventaire signale un contrat de vente du 11 octobre 1675, par lequel François de Metz, receveur au grenier à sel d'Étampes et bourgeois de Paris, vend tant au sieur Lully et à sa femme qu'au sieur Michel Lambert, maître de musique de la Chambre du Roy, et à damoiselle Hilaire Dupuis, fille majeure, « chacun par tiers, une maison à porte cochère scize au village de Puteaux, près Paris, grande-rue du dit lieu, jardin ensuite d'ycelle, contenant deux arpents, ou environ, bâtiment étant au bout d'ycelui, un banc dans l'église de la paroisse de Puteaux et plusieurs meubles, le tout moyennant le prix et somme de 8,000 livres pour le fonds, jardin et le dict banc, 7,000 livres pour les meubles et autres choses déclarées au contrat ; 1,000 livres pour l'acquit des droits seigneuriaux..., etc. ».

Par un autre acte du 4 juin 1683, Lully rachetait sa part à la demoiselle Hilaire Dupuis moyennant 2,200 livres.

Il est de notoriété que Lully avait sa maison de campagne à Sèvres. Dans leur beau livre : *les Manufactures nationales,* MM. Henri Havard et Marius Vachon, après avoir rappelé que la Manufacture royale de porcelaine, se trouvant trop à l'étroit au château de Vincennes, fut transférée à Sèvres en 1753, ajoutent :

« Mme de Pompadour..... n'était pas étrangère à ce choix. Elle avait même indiqué un emplacement contigu à une verrerie dont Louis XV lui avait donné, l'année précédente, le droit d'exploitation. Cette indication n'était pas absolument désintéressée, car la favorite rétrocédait cette propriété à la Société

L'Hôtel Lully.

moyennant 3o,ooo livres. La Compagnie acheta donc le vieux château appelé *la Diarme, ancienne maison de campagne de Lully*. »

Il n'en reste actuellement qu'une dépendance sans intérêt.

Enfin, si nous en croyons Jal et son *Dictionnaire critique,* Lully n'aurait pas craint d'acquérir une véritable terre, et il cite à l'appui cette amusante boutade, tirée du manuscrit de l'abbé de Dangeau, à la Bibliothèque Nationale :

« L'on ne se peut empescher d'admirer la continuation des insolences de Lully », écrivait en 1682 à M. Cabart de Villeneuve un des contemporains de l'heureux Baptiste. « Le premier Président voulait avoir le comté de Grignon et l'avait porté à 400,000 livres. Le violon a fait une enchère de 60,000 livres, cela est fort bon pour les créanciers; mais, en vérité, faut-il qu'un baladin ait la témérité d'avoir de telles terres, lequel s'est chargé d'un grand nombre d'enfants; mais aussi cet homme a sçu plaire au plus grand Roy du monde! La richesse d'un homme de cette qualité est plus considérable que celle des premiers ministres des autres princes de l'Europe!! »

Il est probable que Lully ne poussa pas son audace jusqu'au bout et que son enchère fut elle-même couverte par une autre ; car nous n'avons trouvé dans les nombreuses pièces mises à notre disposition aucune des traces qu'aurait dû laisser une acquisition de cette importance. Mais la lettre est tout à fait caractéristique et souligne bien l'envie qui s'acharnait après le trop heureux parvenu.

Malgré les lacunes laissées par les documents authentiques, nous avons tenté de nous faire une idée, aussi juste que possible, de la fortune totale de Lully. D'après les prix des terrains acquis, les marchés pour les constructions et les quelques chiffres indiscutables que nous avons soigneusement examinés et collationnés,

nous pensons qu'il est permis d'estimer les trois plus petites maisons, celles des rues Royale, des Petits-Champs et Sainte-
Anne, chacune à 40,000 livres, soit . . . .   120,000 livres

« L'Hôtel Lully », à . . . .   70,000 —

La maison de la rue de la Madeleine, à . .   60,000 —

                    Soit pour les maisons. . . . . .   250,000 livres

Si nous y ajoutons la valeur des biens mobi-
liers, argent, rentes, offices, meubles . . . . . .   500,000 —

Et pour ordre la valeur supposée de ses
biens à Puteaux et à Sèvres, environ. . . . . .   50,000 —

Nous obtenons un total de . . . .   800,000 livres
qui ne nous paraît pas exagéré.

Que peuvent représenter pour nous ces 800,000 livres consta-
tées au jour du décès de Lully, c'est-à-dire le 22 mars 1687?

« Le pouvoir de l'argent » aux diverses époques, c'est-à-dire
sa valeur relative, constitue un problème économique des plus
complexes. L'abbé Hanauer, dans son savant ouvrage : *Études
économiques sur l'Alsace ancienne et moderne,* et M. Leber dans
son *Essai sur l'appréciation de la fortune privée au Moyen-Age,*
l'ont abordé avec autorité. Ils ont publié des tables de moyennes,
consciencieusement établies, qui nous ont servi de base et nous
ont amené au résultat suivant :

En prenant pour unité le pouvoir de l'argent à la fin de notre
siècle, la valeur relative de l'argent à la fin du XVIIᵉ siècle serait
d'environ 2 2/3. Nous pouvons donc admettre que les 800,000 livres
laissées par Lully équivalaient à deux millions cent mille francs
de nos jours.

Le commencement de ce chapitre nous a montré Lully taxé

Détail de la façade principale **Rudet**
de l'Hôtel Lully.

d'avarice : il est de toute justice de le terminer en citant ses générosités et ses legs.

De son vivant, il avait aidé son beau-père, l'estimable Lambert, pour lequel il eut toujours une grande considération, à se créer une maison des champs à Puteaux. De plus, il lui avait donné la jouissance d'un appartement dans son hôtel de la rue Sainte-Anne. Le *Livre commode des adresses,* d'Abraham du Pradel, nous apprend que Lambert y était encore domicilié en 1692 ; il n'y mourut qu'en 1696, âgé de quatre-vingt-six ans.

Le 10 mars 1687, douze jours avant sa mort, Lully faisait appeler son notaire, Me Simon Moufle, et lui dictait son testament.

Après avoir recommandé son âme à Dieu et demandé que son corps fût inhumé en l'église des Religieux Augustins déchaussés, appelés Petits Pères, il leur fait, à la charge de dire des messes à son intention, un don de 6,000 livres.

Il lègue, à la Maison des Filles catholiques de Sainte-Anne, 1,000 livres.

Aux pauvres de la paroisse de la Magdeleine, 1,000 livres.

A chacun de ses cinq domestiques mâles, 100 louis d'or.

A un sixième serviteur, 300 livres.

Et à cinq autres, chacun 100 livres.

Il nomme sa femme, Madeleine Lambert, son exécutrice testamentaire et, pour lui éviter tout souci, règle, avec la plus grande sollicitude, sa part et celle de ses enfants dans la succession et particulièrement dans la propriété du privilège de l'Académie royale de musique.

N'oublions pas que Lully, au moment où il dictait ce testament et le codicille du 15 mars suivant, n'était séparé de la mort que par quelques jours. Torturé par la gangrène qui envahissait sa jambe, il supportait vaillamment des douleurs intolérables et conservait malgré tout une lucidité d'esprit admirable.

Ses dernières dispositions, minutieusement détaillées, accusent une telle préoccupation des intérêts des siens et un désir si manifeste de remplir tous ses devoirs de chef de famille et de chrétien, qu'elles font oublier ses faiblesses et commandent le respect.

On le voit, jusqu'à son dernier souffle, Lully fut l'homme de tête et de sang-froid qu'il avait été toute sa vie.

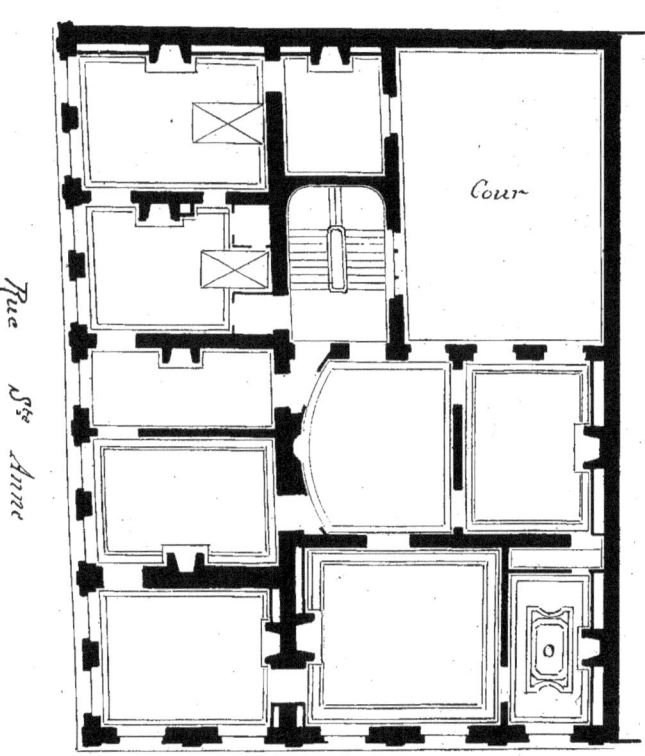

Cour

Rue Ste Anne

Radet

Rue des Petits Champs

Plan du 1er Étage de l'Hôtel Lully

IV

L'Hôtel de la rue Sainte-Anne.

 OMME tous les hommes célèbres des époques brillantes de l'art, Lully, qui appartient au siècle de Louis XIV, a laissé sa trace dans tous les arts de son temps. La peinture, la gravure, la sculpture et l'architecture nous offrent des manifestations artistiques intéressantes qu'il a provoquées ou que sa notoriété lui a values.

Dans le domaine de l'architecture, nous trouvons son hôtel et son tombeau.

L'architecture est celui de tous les arts qui reflète le mieux l'histoire et le caractère d'un peuple. L'architecture française, à toutes les époques, atteste les qualités de la race : la clarté dans la conception et l'exécution, l'élégance dans la forme, le goût pur dans le choix des éléments. Quand, au Moyen-Age, après la disparition de l'art antique, l'architecture d'Occident s'affranchissait

des traditions romaines, l'architecture française primait toute
celles des autres pays et donnait, au xiiie siècle, la quintessence
de l'art nouveau en même temps que la forme la plus élevée d
pouvoir monarchique. A la Renaissance, les traditions de l'ant
quité furent reprises. La découverte des monuments, de la sta
tuaire, des manuscrits du passé, rendit à l'art romain une nouvell
influence. C'est d'Italie, le champ de bataille où se rencontraier
tous les peuples de l'Europe, que venait le mouvement, et l'archi
tecture française, pendant le xvie siècle, fut, comme partout
presque exclusivement italienne.

Ce n'est que peu à peu que le génie français se dégagea d
cette tutelle et, sans proscrire toutefois les formes classique
retrouvées, sut appliquer à la nouvelle architecture ses qualité
d'invention originale.

A partir du xviie siècle, l'architecture française s'affirme pa
des formes qui lui sont propres et son goût de sélection réappa
raît comme il avait paru au Moyen-Age. Tandis que dans les autre
pays, en Angleterre ou en Allemagne, les formes nouvelles son
empruntées à l'art italien sans choix, sans mesure et sans règle
en France, l'architecture sait se créer un style particulier e
s'épure en subissant la direction d'une élite groupée autour du
roi.

Féodale et sévère encore sous Louis XIII, elle est pompeuse
et solennelle sous Louis XIV, comme elle deviendra élégante et libre
d'allure avec la Régence, raffinée et maniérée sous Louis XV,
simple et intime sous Louis XVI.

Ensuite, il n'y a plus, à proprement parler, de style d'architecture, l'art se démocratisant et s'affranchissant d'une haute direction. Nous sommes de ceux qui pensent que les chefs-d'œuvre de
l'art se sont surtout produits dans les milieux aristocratiques et

Radet

Plafond d'un petit Salon de l'Hôtel Lully.

que l'architecture de notre siècle est bien l'image de la confusion des idées, où le passé n'est plus et où l'avenir est encore voilé.

En faisant la part des modifications et altérations nombreuses subies au cours du temps, nous pouvons nous rendre compte que quatre des maisons édifiées par Lully étaient d'une grande simplicité. Malgré cela, ayant été construites à une époque où l'architecture avait un style bien déterminé, elles ne sont point banales. Trois étages carrés en pierre de taille, une corniche classique largement profilée, des chambranles plats sans moulures, des balcons en fer forgé d'un dessin ferme, des trumeaux suffisamment larges entre les baies, donnent un certain caractère à l'ensemble. Cet ensemble, très modeste, nous paraît cependant d'un goût supérieur à celui qui inspire bien des façades modernes en plâtras, où les baies laissent à peine la place de loger les motifs d'architecture entassés les uns sur les autres et bizarrement superposés dans la hauteur de six étages. On nous dira que le prix du terrain exige cette multiplicité des étages et des ouvertures. Soit. Mais alors la simplicité dans les lignes et la modération dans l'ornementation nous semblent plus que jamais indiquées.

L'hôtel de la rue Sainte-Anne est la seule maison de Lully qui affecte une allure monumentale et il est à remarquer que ce fut sa première construction. La vanité de l'Italien, cette seule et unique fois, prima la parcimonie naturelle de l'homme et les combinaisons économiques du spéculateur. Plus tard, l'homme d'affaires seul présidera à ses autres opérations et ne sacrifiera plus au luxe extérieur. Mais ici, il voulait avoir « son hôtel » et montrer à tous que la fortune lui souriait.

Sa hardiesse était complète, car il n'avait même pas les fonds suffisants pour cette première entreprise et c'est à Molière, son

ami, qu'il va demander assistance. Dans sa *Vie de Molière* q
fait autorité, Eudore Soulié a publié intégralement l'acte célèb
du 14 décembre 1670 par lequel « Jean-Baptiste Poquelin Molièr
tapissier et valet de chambre ordinaire du Roy, demeurant à Pari
rue Saint-Thomas-du-Louvre, paroisse Saint-Germain-l'Auxerrois
prêtait à Lully la somme de 11,000 livres avec toutes les garar
ties désirables tant sur le terrain que sur la construction con
mencée.

Grâce à ce précieux document, nous savons que Lully ava
acheté son terrain « de Messire Prosper Bauyn, Conseiller c
Roy en ses Conseils (le même qui lui vendra plus tard, comm
nous l'avons déjà vu, un autre terrain rue Royale), et dan
Gabrielle Choart, son épouse, et de Messire Paul Mascranni, se
gneur de la Verrière, aussi Conseiller du Roy en ses Conseil
Grand Maître des Eaux et Forêts de France au département c
Normandie, par deux contrats ensuite l'un de l'autre passés pa
devant Mes Lange et Charles, notaires au Châtelet de Paris, l
28 mai et 13 juin derniers (1670). »

Ce terrain contenait 108 toises carrées et avait été payé pa
Lully 22,680 livres, soit 210 livres la toise carrée et envirc
5o livres le mètre superficiel. Ces chiffres sont supérieurs à cet
que nous avons déjà signalés. Mais le terrain était dans ur
situation exceptionnelle, à l'angle des deux rues Sainte-Anne e
Neuve-des-Petits-Champs. Quant à la construction elle-mêm
nous voyons par l'acte du prêt de Molière que Lully avait fait u
forfait de 45,000 livres avec Jean-Baptiste Predo.

On a reproché à Lully son ingratitude envers Molière lors c
privilège de l'Opéra, après avoir reçu de lui cette assistanc
N'oublions pas cependant qu'à cette époque il n'y avait pas c
valeurs mobilières et qu'un des principaux moyens de faire valo

Grille du marchand de vins
à l'Hôtel Lully.

son argent était le placement hypothécaire. Lully rendait donc aussi service à Molière à qui il assurait 550 livres de rente pour ses 11,000 livres. Ainsi qu'en fait foi une quittance du 23 mai 1673 figurant à l'inventaire, il racheta plus tard cette rente à Armande Béjart, veuve de Molière, suivant la faculté que lui laissaient les termes du contrat.

Grâce à la notoriété de cet acte, Predo, nommé comme signataire du forfait, passe pour avoir été l'architecte de l'Hôtel Lully, comme il le fut plus tard pour les autres maisons. C'est tout à fait inexact. Si l'entrepreneur-architecte suffit aux modestes façades des immeubles de spéculation pure, Lully ne s'en contenta pas dans cette circonstance. Les auteurs anciens, Germain Brice, Piganiol de la Force, nous éclairent sur ce point.

« De l'autre côté de la rue (Sainte-Anne), dit ce dernier, on remarque une maison décorée en dehors de grands pilastres d'ordre composé et de quelques autres sculptures d'assez bon goût. Cette maison a été bâtie, sur les dessins de Gittard, pour le fameux Jean-Baptiste de Lully. »

C'est en effet Daniel Gittard qui est le véritable architecte de l'hôtel de la rue Sainte-Anne, et ce n'est pas sans une certaine mélancolie que nous écrivons ce nom inconnu de tous. C'est le sort de l'architecte d'être ignoré, et, de tout temps, ce fut et ce sera toujours l'artiste le moins maître de son œuvre. L'architecture est un art si complexe, il y a tant d'intermédiaires entre l'idée de l'artiste et son exécution, qu'il disparaît derrière ses collaborateurs forcés, qui ne se font pas faute de se parer des plumes du paon. Que de Predo dans l'histoire de l'architecture ! Et, sans parler des auteurs, presque tous ignorés, des merveilles monumentales du Moyen-Age, ne voyons-nous pas chaque jour, lors des inaugurations d'édifices, les plaques commémoratives, les

comptes rendus officiels, les articles de journaux, etc., nommer tout
le monde, depuis le préfet jusqu'au garde champêtre, et oublier
imperturbablement le malheureux architecte qui a tout conçu !

Daniel Gittard n'est pourtant pas le premier venu. Lorsque le
grand Colbert fonda, le 31 décembre 1671, l'Académie d'architecture, Gittard fut un des huit architectes choisis de la première
heure. Il se trouvait là en bonne compagnie, à côté de François
Blondel, de Le Vau, de Libéral Bruant.

Dans son *Histoire de l'Architecture française,* Jacques-François
Blondel le cite avec éloge et consacre une des planches de son
bel ouvrage à une de ses œuvres, l'Hôtel de Saint-Simon (plus
tard de la Force), rue Taranne, auprès de la Fontaine de la
Charité. En 1660, il continua Saint-Sulpice, et dans ses *Remarques
historiques sur l'église et la paroisse de Saint-Sulpice,* Blondel
nous dit encore que « les bas-côtés sont ornés d'un ordre corin-
thien dont Daniel Gittard s'était proposé de faire un ordre français », et Germain Brice nous prévient qu' « on doit voir dans
cette église un petit escalier de pierre de taille..... tourné en
colimaçon..... dont le trait est ingénieux et très hardi..... Il est
de l'invention de Daniel Gittard, habile architecte. » Il ajoute que
Gittard est aussi l'auteur de l'Hôtel de la Meilleraie, rue des
Saints-Pères, et de la *Maison de Lully*.

C'est donc à cet artiste de valeur que l'Hôtel Lully doit sa
façade architecturale.

L'aspect général est harmonieux, avec cet air d'apparat qui
est la caractéristique de l'époque et où ne manquent ni la noblesse,
ni l'ampleur décorative. Une suite d'arcades sévères, à appareil
apparent, et dont les clefs représentent des masques de théâtre du
temps, englobe le rez-de-chaussée et l'entresol et forme un socle
sur lequel s'élève une suite de pilastres composites montant dans

Armoiries de Lully

la hauteur des deux étages et dont le chapiteau élégant et ingénieux soutient un entablement d'un bon profil.

Il est curieux de remarquer que cette disposition générale,
toutes proportions gardées, sera également employée plus tard
pour la décoration des places des Victoires et Vendôme. La première datant de l'arrêt du Conseil du 19 décembre 1685, la place
Vendôme d'un autre arrêt du 2 mai 1686 et l'Hôtel Lully de 1670,
ce serait Mansard et non Gittard qu'on pourrait accuser de plagiat.

Outre les clefs sculptées dont nous avons parlé, le motif milieu
de l'hôtel sur la rue Sainte-Anne était donné par la porte cochère
et par la fenêtre ornée du premier étage, couronnée d'un bas-
relief où sont habilement groupés des instruments de musique.
C'était là l'entrée primitive et unique. Lully tenait d'ailleurs
à être domicilié rue Sainte-Anne, une rue aristocratique. La porte
cochère actuelle, sur la rue des Petits-Champs, n'a été ouverte
que plus tard par ses héritiers.

Le pauvre Gittard fut-il mal récompensé de ses services? En
sa fameuse satire du *Florentin*, où le bon La Fontaine sortit de
son caractère peut-être pour l'unique fois de sa vie, nous relevons
ces vers à l'adresse de Lully :

> Chacun voudrait qu'il fût dans le sein d'Abraham,
>   *Son architecte* et son libraire,
>   Et son voisin et son compère,
>   . . . .

Nous devons avouer que nous n'avons aucune preuve de l'as-
sertion de La Fontaine, mais nous serions presque tenté de l'en
croire sur parole..... étant un peu orfèvre en la question. Quel
qu'ait été le sort de l'architecte, l'Hôtel Lully n'en était pas
moins bâti et l'outrecuidance du musicien parvenu, élevant fière-
ment sa façade imposante à côté des habitations somptueuses des

plus grands seigneurs, ne manqua pas de lui attirer les quolibets de ses contemporains. Il mit le comble à leur fureur en faisant tirer dans un terrain vague, en face de sa nouvelle demeure, un feu d'artifice en l'honneur de la Paix et du Roy. Son associé dépossédé, Guichard, dans un factum virulent, était leur porte-parole en disant que « s'il n'avait pas réussi le feu entrepris devant sa maison, on réussirait mieux celui qu'il avait mérité en Grève ».

Mais Lully n'était pas homme à s'arrêter pour si peu. Il s'installa magnifiquement dans son hôtel. Ainsi que nous l'avons constaté pour les autres maisons, l'intérieur était décoré avec luxe. Malheureusement, les boiseries, les peintures, la rampe de l'escalier, tout a disparu sous les coups des révolutions et par suite de la transformation du quartier. Le commerce et l'industrie, qui ont depuis longtemps dénaturé les splendides hôtels du Marais, sont arrivés, de notre temps, jusqu'à la place Vendôme. Ils ont fait fuir les habitants choisis et de haute vie. Les écriteaux et les enseignes de toutes les couleurs et de toutes les tailles bariolent les lignes sévères de l'architecture et cachent sans vergogne les sculptures et les balcons ouvragés du grand siècle. C'est le résultat de l'agrandissement sans repos de la ville et de sa marche implacable vers l'Ouest : il faut bien s'y résigner !

Nous pouvons juger cependant que l'escalier se présentait bien et était ingénieusement éclairé à chaque étage par une baie cintrée de grande dimension. Il nous a été possible de reconstituer à l'aide des éléments authentiques le plafond d'un petit salon (O du plan) du premier étage. Il nous donnera une idée de ce qu'était la décoration intérieure.

Ce plafond rappelle la manière de Le Pautre. Dans la corniche sans gorge, contournant la pièce, s'inscrivait un cartouche allongé bordé d'une forte moulure où dominait un gros tore à feuilles de chêne sculptées et encadrant un tableau sur toile marouflée. Aux deux extrémités de ce cartouche formant milieu, le plafond se terminait par un groupe peint, composé de deux figures de faunes s'appuyant sur des lignes architecturales. Tout autour se développaient des enroulements de feuillages en arabesques, également peints.

Le tableau, qui existe encore, est de l'école de Bon Boullongne qui fit, avec ses nombreux élèves, beaucoup de peintures décoratives dans les maisons nouvellement édifiées à la fin du xviie siècle. Il représente Diane et Endymion. C'est une allusion au divertissement de cour que Lully composait à cette époque et dont le livret donne ainsi le titre : « *le Triomphe de l'Amour,* ou pastorale en musique imitée des amours de Diane et Endimion (*sic*), divisé en trois parties meslées de 2 intermèdes — représenté devant Sa Majesté en son Chasteau de St Germain-en-Laye, au mois de Février 1672. » — Cette œuvre lyrique figure sous le n° 5878 au « Catalogue de la Bibliothèque du Roy — 1750 ». Auteurs : Philippe Quinault et J. B. Lully.

Malgré son désir de briller, Lully n'en perdait point pour cela de vue ses intérêts matériels. A peine en possession de son terrain, en juin 1670, il poussait vigoureusement les travaux et prenait ses dispositions pour tirer profit des parties de son hôtel qu'il n'habiterait pas. Les boutiques et entresols furent mis à louer pendant les travaux mêmes, absolument comme nous le faisons aujourd'hui. Non seulement, le 9 mars 1671, il louait moyennant 200 livres à Anselme Damourette, cordonnier, « une petite boutique dépendant d'une maison que *l'on parachève de bâtir.....* à l'encoignure de la rue Sainte-Anne », mais encore, dès le 13 février précédent, il avait signé un bail à Louis d'Arbouhi, marchand de vins, pour une boutique beaucoup plus importante et plus intéressante pour nous, « scize en une grande maison

que ledit sieur Lully *fait bâtir* sur une place à lui appartenant,
en la butte Saint-Roch de cette ville de Paris, rue Neuve-des-
Petits-Champs, faisant le coin de la rue Sainte-Anne ». La durée
du bail était de quatre ans et le loyer de 800 livres. Alors,
comme aujourd'hui, le marchand de vins était le pionnier des
quartiers neufs.

Cette boutique existe encore et est toujours occupée par le
même commerce. On y remarque encore l'une des deux grilles en
fer forgé, d'un joli dessin, qui fermaient la boutique à l'origine.
Dans cette partie de grille est encastré un écusson ovale avec une
épée. On a voulu y voir les armes de Lully. C'est une erreur.
D'abord, dans cet écusson que nous avons soigneusement examiné
et qui nous paraît n'avoir subi aucune altération, l'épée est en
pal, tandis que dans les armoiries de Lully, au contraire, « l'épée
d'argent est la pointe en bas, la garde d'or, tortillée à la pointe
d'une couleuvre d'argent languée de gueules, une bande d'argent
chargée de deux quintefeuilles de gueules brochant sur le tout ».
Or, sur l'écusson de la grille il n'y a aucune trace de ces diverses
autres pièces.

Mais ce qui est plus concluant encore, c'est un bail du
7 février 1680 consenti par Lully « à Jean Dory, marchand de
vins, et Marguerite Henrié, son épouse (les successeurs de d'Arbouhi), d'une boutique dépendant d'une maison faisant le coin de
la rue dite Sainte-Anne, *où est pour enseigne l'Épée de bois* ».
Voilà donc l'épée du nouvel anobli transformée en batte d'Arle-
quin. Les mauvaises langues de son temps auraient encore trouvé
là matière à railleries!...

Ce n'est vraiment pas chose aisée de bien parler du passé.
Dans son brillant paradoxe : *l'Esprit dans l'histoire,* Édouard
Fournier met en doute quantité de faits soi-disant historiques où

Le tombeau de Lully aux Petits Pères

Dessin lavé de la Collection Gaignières à la Bibliothèque Nationale

il ne trouve, après examen, que la pure légende. Et cependant, lui-même, malgré toute son autorité, s'est laissé séduire par la légende en faisant mourir Lully dans la maison de la rue Sainte-Anne. Nous venons de constater que les armes de Lully, ornant la grille du marchand de vins, étaient aussi une légende. Légende encore le nom de son architecte. Légende enfin l'opinion de certains auteurs qui prétendent que son hôtel lui a été donné par Louis XIV. Espérons qu'aucune légende ne nous sera reprochée à notre tour.

V

Le Mausolée de Lully aux Petits-Pères. — Son Buste. — Ses Portraits.

 ı l'on peut critiquer l'ostentation montrée de son vivant par Lully à mesure que le succès et la richesse couronnaient ses efforts, il en est tout autrement du sentiment très naturel qui guida sa famille lorsqu'elle voulut élever un monument somptueux à sa mémoire. Lully, parti de rien, laissait aux siens et un nom illustre et une fortune. Il n'y a rien de plus respectable que le désir de ses enfants de perpétuer le souvenir de leur père et de faire acte public de reconnaissance envers lui.

Le célèbre musicien avait légué son corps, nous l'avons vu, aux Augustins déchaussés réformés appelés Petits Pères à cause de leur pauvreté et de leurs modestes débuts à leur arrivée à Paris, dans les premières années du xvıı^e siècle. Promptement populaires, ces religieux voulurent bientôt fonder un établissement important et sollicitèrent la protection de Louis XIII qui accueillit leur demande. Le roi, le 5 novembre 1629, se déclarait le protecteur de leur église à la condition qu'elle serait consacrée à Notre-Dame des Victoires en souvenir de ses victoires sur les ennemis extérieurs de la France et sur les protestants révoltés. L'architecte Galopin avait donné les plans du monastère qui fut assez rapidement élevé. Il n'en fut pas de même de l'église qui, commencée seulement en 1656 par Pierre Le Muet, l'auteur élégant du Val-de-Grâce, ne fut tout à fait terminée qu'en 1740. Libéral Bruant, Gabriel Leduc et Cartault furent les successeurs de Le Muet.

C'est dans cette église, la paroisse de l'Hôtel Lully, que la veuve du grand compositeur sollicita et obtint la propriété d'une chapelle.

Cette chapelle était du côté de l'évangile, la quatrième en venant du portail d'entrée ou la troisième en partant du chœur. Les dénominations des chapelles ayant changé souvent et la première chapelle à côté du chœur ayant été transformée en sacristie, plusieurs auteurs ont fait confusion à cet égard. C'est actuellement la chapelle des Sept-Douleurs, et c'était autrefois la chapelle de Saint Jean-Baptiste, le patron de Lully.

La famille Lully s'adressa alors à un sculpteur distingué, Michel Cotton, élève d'Anguier et l'un des grands prix de Rome de 1675. Sous la direction de cet artiste, un monument funéraire très important et une décoration d'une grande richesse couvrirent bientôt les murs de la chapelle.

Grâce à l'extrême obligeance de M. Georges Duplessis, conservateur des Estampes à la Bibliothèque Nationale, nous avons la bonne fortune d'en pouvoir reproduire le dessin lavé original qui fait partie de la collection Gaignières. Le trait en est naïf, mais le document est précieux.

Le tombeau de Lully au Musée des monuments Français
Vignette du Catalogue d'A. Lenoir.

Nous voyons qu'à la hauteur d'environ deux mètres au-dessus du sol pavé de dalles en marbre blanc et noir, s'élevait un large entablement de marbre. Il était soutenu par six consoles et une tête de mort laurée, encadrée d'ailes de chauves-souris, et flanqué de chaque côté d'un cartouche aux armes de Lully. Tous ces ornements étaient en bronze doré. Au milieu de l'entablement, se détachait une table de marbre noir avec une inscription en lettres dorées. Sur cet entablement formant socle, s'élevait le mausolée proprement dit en marbre blanc et noir, avec quelques ornements en bronze doré. Aux deux côtés du sarcophage étaient assises deux figures de femmes en marbre blanc dans l'attitude de la douleur et pleurant. Celle de gauche, la Musique légère, a déposé sa lyre de bronze doré à ses pieds. Celle de droite, la Musique dramatique, tient une trompette en bronze doré d'un geste abandonné. En haut du sarcophage, deux petites figures de génies affligés, en marbre blanc, accompagnent le buste de Lully en bronze qui domine tout l'ensemble. Le fond sur lequel se détachait tout le monument était en stuc sombre, et l'arcade qui l'encadrait était décorée dans le haut par un lourd rideau de stuc que soulevait le squelette en bronze de la Mort.

Les abbés Lambert et Buirette, dans leur *Histoire de l'Église Notre-Dame-des-Victoires*, ajoutent que « le reste de la chapelle était revêtu de lambris de menuiserie peints en blanc avec des filets d'or autour des panneaux. Elle était fermée par deux grandes portes grillées en fer travaillé avec art. La porte principale avait deux pilastres à chapiteaux corinthiens portant chacun un vase flamboyant. Le dessus de la porte était orné d'un fronton surmonté par une croix ». Le tableau de l'autel, qui représentait saint Jean-Baptiste, était de Bon Boullongne.

Nous donnons ici l'inscription entière gravée sur l'entable-

ment : elle est intéressante au point de vue de l'historique de la
fondation.

Icy repose Jean-Baptiste Lully, escuyer, Conseiller-secrétaire du Roy, maison
couronne de France et de ses Finances, Surintendant de la Musique de la
Chambre de Sa Majesté, célèbre par ce haut degré de perfection où il a porté les
beaux chants et la symphonie, qui lui ont fait mériter la bienveillance de Louis-
le-Grand et les applaudissements de toute l'Europe. Dieu, qui l'avait doué de
tous ces talents par-dessus tous les hommes de son siècle, lui donna, pour récom-
pense de ces cantiques inimitables qu'il a composés à sa louange, une patience
vrayment chrestienne dans les douleurs aiguës de la maladie dont il est mort
le XXII Mars MVI°LXXXVII dans la LIIII° année de son âge ; après
avoir reçu tous ses sacrements avec une résignation et une piété édifiante.

Il a fondé une messe à perpétuité qui se doit célébrer tous les jours
à XI heures dans cette chapelle et pour l'exécution de cet article de son testament
Magdeleine Lambert, sa femme, en a passé contrat devant Mes Moulineau et
Moufle, notaires à Paris, le XXVIII May de la même année, et depuis ayant
acquis des R. R. P. P. Religieux de cette maison, par autre contrat passé devant
Mes Chupin et Moufle le V Mai 1688, *cette chapelle et la cave en-dessous pour sa*
sépulture et celle de ses descendants à perpétuité, a fait dresser ce monument à la
mémoire de son époux, comme une marque de son affection et de sa douleur.

Priez Dieu pour le repos de leurs âmes.

Il existait aussi dans la chapelle, gravée sur une plaque de
marbre blanc, une autre inscription en médiocres vers latins du
chanoine J. B. Santeuil.

Ce monument, quoique un peu théâtral, suivant le goût du
temps, ne manquait pas de grandeur. Il avait été exécuté avec le
plus grand soin et faisait honneur au talent de Cotton. Le buste
est fort beau. Il est dû à Antoine Coyzevox, un favori du grand
roi, dont le style sévère et nourri de l'antique nous a laissé une
œuvre magnifique. Ses bustes, nous en pouvons juger par celui
de Lully, étaient pleins de noblesse et très ressemblants au dire
des contemporains.

Le nécrologe du couvent des Augustins déchaussés nous

Buste de Lully par Coyzevox.

apprend que le caveau funéraire reçut successivement les dépouilles suivantes :

1° Lully;

2° Jean-Louis de Lully, son fils, déposé le 25 décembre 1688 ;

3° Michel Lambert, son beau-père, déposé le 28 juin 1696;

4° Catherine-Magdeleine de Lully, épouse de J. N. de Francine, sa fille, déposée le 3 janvier 1703;

5° Magdeleine Lambert, sa veuve, déposée le 5 mai 1720;

6° Louis de Lully, son fils, déposé le 2 avril 1734;

7° Louis-André de Lully, son petit-fils, déposé le 22 juillet 1735;

8° Jean-Baptiste de Lully, abbé de Saint-Georges et de Saint-Hilaire, son fils, déposé le 10 mars 1743.

La chapelle de Lully avait été tout de suite classée parmi les curiosités artistiques de Paris. Germain Brice signale la sépulture du grand musicien et ajoute : « Dans ces derniers siècles on n'avait point vu des gens de cette profession parvenir à de si grands honneurs et amasser tant de richesses, et, d'un autre côté, il ne s'était point aussi trouvé jusqu'alors en France un homme plus habile pour la composition des grands spectacles et pour la science de toutes les parties de la musique. »

Piganiol de la Force décrit la chapelle avec éloge et Thierry, dans son *Guide des amateurs et des étrangers voyageurs à Paris,* la signale encore en 1790 à l'admiration.

Mais les mauvais jours approchaient où le tombeau de Lully allait avoir sa part des profanations de l'église Notre-Dame-des-Victoires et de l'odieux vandalisme qui devait anéantir tant d'œuvres d'art dans notre malheureux pays. Avec la Révolution, le couvent des \Augustins fut confisqué, violé, pillé. Il était devenu un vrai musée pour l'instruction de tous. On y trouvait une bibliothèque considérable, un cabinet d'histoire naturelle, de belles collections de médailles, des bronzes, des tableaux parmi lesquels on admirait une suite de grandes toiles de Carle Van Loo représentant la vie de saint Augustin. Tout cela fut déshonoré, dispersé. Tout aurait disparu sans le dévouement d'un homme de bien, d'un lettré et d'un véritable ami des arts, d'Alexandre Lenoir.

Voyant autour de lui la ruine et la disparition de tant d'œuvres de valeur, il avait obtenu, en 1790, la concession du couvent des Augustins (qui devint plus tard l'École des Beaux-Arts) comme dépôt des objets d'art qui trouveraient grâce devant les pouvoirs constitués. A mesure que les temps devenaient plus difficiles, Lenoir, avec un zèle admirable, combattait pied à pied les iconoclastes et arrachait de leurs mains ce qu'ils appelaient, dans leur phraséologie boursouflée, « les emblèmes de la féodalité et du despotisme ».

La tâche était ingrate et non sans péril. Un jour il fut blessé d'un coup de baïonnette en voulant sauver de la destruction le tombeau du cardinal de Richelieu à la Sorbonne. C'était avec la plus grande peine qu'il obtenait des autorités les fonds absolument indispensables pour soutenir son œuvre. Il manquait de tout, même de feu en hiver. Toujours sous le coup d'une dénonciation qui pouvait le conduire à la prison et à l'échafaud, il avait encore à se heurter chaque jour à l'ignorance absolue en matière d'art des fanatiques qui gouvernaient. Pour en donner une idée, nous ne pouvons mieux faire que de citer la pièce authentique suivante déposée aux Archives Nationales :

22 Nivôse an 3e de la République.

La Commission exécutive de l'instruction publique au Citoyen Lenoir.

Nous apprenons avec peine, citoyen, le résultat des mesures que nous avons prises pour te trouver les huit voyes de bois destinées au chauffage des poêles nécessaires à la conservation du Dépôt mis sous ta surveillance. Nous partageons ta sollicitude pour les objets précieux confiés à tes soins et nous rendons justice à l'activité de ton zèle. En attendant que tu aies pu te procurer le bois dont tu as un besoin urgent, nous t'autorisons *à employer au chauffage des poêles de ton dépôt* les objets suivants, conformément à la décision de la Commission temporaire des Arts :

1° Trois anges venant de Sainte-Opportune ;
2° Trois grands saints aux Carmélites rue Saint-Jacques ;
3° Quatre figures de religieux et autres prises aux Pères de la Charité.

Salut et Fraternité.

Signé : CLÉMENT DUCIS,
Adjoint.

Quelle ironie..... et cette simple lettre n'en dit-elle pas bien long sur les souffrances artistiques du pauvre Lenoir ! Malgré tout, il put sauver bien des œuvres précieuses avec lesquelles il forma peu à peu le *Musée des monuments français*.

Par ses soins, vers le mois de janvier 1796, ce qui restait du tombeau de Lully, après le pillage de l'église Notre-Dame-des-Victoires, fut transporté et remonté dans une des salles du Musée. Nous donnons un croquis de cette restitution d'après le *Catalogue raisonné* publié par Lenoir en 1806. En comparant ce dessin avec celui du tombeau primitif, on voit que tout ce qui était métal, bronze doré, grilles ouvragées, décorations accessoires, avait disparu. Fort heureusement les statues de Cotton et le beau bronze de Coyzevox étaient sauvés.

Le gouvernement de la Restauration, par un sentiment très respectable et sur la réclamation des établissements pillés, restitua les œuvres d'art si péniblement rassemblées par Lenoir et mit fin au Musée des monuments français. Mais, au seul point de vue de l'art, il est regrettable que tant d'efforts aient été anéantis et que ce Musée d'enseignement artistique, qui réunissait des exemples de l'art français à toutes les époques, n'ait pas été conservé.

9

Un arrêté de M. de Chabrol, préfet de la Seine, en date du 15 mars 1817, fit rendre à Notre-Dame-des-Victoires le tombeau de Lully. Il ne fut pas replacé dans la chapelle primitive, mais bien dans la seconde chapelle à gauche en venant du portail, celle de Saint-Jean-l'Évangéliste. Les dispositions actuelles ne rappellent en rien la riche ordonnance d'autrefois. Le cénotaphe est placé très haut, au-dessus d'une grande baie, dans la pénombre des voûtes où se noient, sans profit pour les yeux, les figures sculptées et le beau buste de Coyzevox.

L'*Inventaire des richesses d'art de la France* (t. II, p. 227) a classé et consacré définitivement et sur pièces authentiques, en 1888, les œuvres de Cotton et de Coyzevox, ainsi que l'*Inventaire général des œuvres d'art appartenant à la ville de Paris*, qui signale en plus, dans la chapelle qui fait suite, un médaillon, en haut-relief, en marbre blanc représentant Lully entouré d'une guirlande sans attribution et sans grande valeur.

Il est probable que c'est là la dernière étape du mausolée de Lully et que les visiteurs de Notre-Dame-des-Victoires, non prévenus, continueront à passer à côté de lui sans l'apercevoir.

Le Musée de Versailles (n° 232) possède un surmoulage du buste de Coyzevox que l'on peut au moins admirer en pleine lumière. Il est ici, à tort, nous l'avons vu, attribué à Cotton.

La peinture et la gravure furent aussi tributaires de Lully. D'illustres pinceaux contemporains, ceux d'Hyacinthe Rigaud ou de Largillière, de Paul Mignard, ont reproduit ses traits. Cependant, chose curieuse, il n'existe aucun portrait de Lully dans nos musées, ni au Louvre ni à Versailles. Que sont devenues les œuvres de ces maîtres ?

Ce n'est que pour mémoire que nous citerons le tableau de François Puget (n° 761) dans une des salles de l'École française, au Louvre. Il porte cette mention : « Portraits de plusieurs musiciens du siècle de Louis XIV ». On a voulu voir Lully dans le personnage de gauche qui tient un violon. On n'y retrouve que bien vaguement le type du grand musicien.

A Versailles, un grand tableau de Joseph Christophe, élève de Bon Boullongne, peintre médiocre à la touche molle et indécise et qui fut de l'Académie en 1702, représente le baptême de Louis de France, Dauphin, fils de Louis XIV, qui eut lieu le 24 mars 1668. Dans un coin du tableau, à droite, Lully, debout sur une estrade et armé du bâton de chef d'orchestre, conduit ses musiciens. Malgré la faiblesse de l'exécution, le compositeur est très reconnaissable.

Ce n'est donc que par les estampes que nous pouvons véritablement reconstituer le type de Lully.

La Bibliothèque Nationale en possède jusqu'à quinze parmi lesquelles nous en retiendrons cinq.

1° Le beau portrait dans un médaillon ovale gravé par Édelinck, le maître consciencieux, le graveur impeccable, dont les œuvres sont si estimées.

Ce portrait est reproduit dans *les Hommes illustres* de **Charles Perrault** et a été gravé de nouveau en plus petit par Sornique, non pas d'après le tableau lui-même, mais bien d'après la gravure d'Édelinck, ainsi que l'indique la figure retournée.

C'est le portrait le plus connu. Mais comme les estampes ne portent pas le nom du peintre, il a été attribué tour à tour à Rigaud et à Largillière.

Les papiers si complets laissés par Rigaud et où il notait chaque année ses œuvres, avec le prix d'achat, n'en font pas mention. L'œuvre de Largillière est muette à cet égard et les précieuses *Notes manuscrites sur les peintres et les graveurs* de

Pierre-Jean Mariette signalent la gravure sans nom de peintre. Toutes les conjectures sont donc permises, à la condition, cependant, de ne pas sortir des maîtres de premier ordre de l'époque, car c'est une œuvre magistrale. En dehors des deux grands portraitistes cités, nous ne voyons guère que Le Brun à qui on puisse également l'attribuer.

2° Un petit portrait en pied gravé par Bonnard, où l'on voit Lully avec un cahier de musique posé devant lui sur une table. Dans le fond, un orchestre de quelques musiciens.

3° Un médaillon représentant Lully la face tournée à droite et tenant un rouleau de musique à la main. Au bas, une pancarte enroulée avec ces mots : « Jean-Baptiste de Lully, secrétaire du Roy et surintendant de la musique de Sa Majesté, né à Florence et mort à Paris le 22 mars 1687. » Dans le socle de l'entablement, une table avec ces vers :

> J'ay fait chanter les Dieux ainsi que les héros,
> Mes airs ont exprimé les murmures des flots,
> Le sommeil, les zéphyrs, la pluie et le tonnerre,
> J'ay même fait ouïr les ombres des enfers
> Et pour un Roy fameux dans la paix, dans la guerre,
> D'immortelles chansons j'ay rempli l'univers.

Ce portrait est du graveur B. Desrochers et se trouve dans le *Parnasse français* de Titon du Tillet.

4° Un petit médaillon rond, en forme de bas-relief, accroché par un ruban à un clou et contenant le profil de Lully. Il est dû au crayon élégant de C. N. Cochin, d'après le buste de Collignon, et a été gravé par Augustin de Saint-Aubin en 1770.

5° Enfin, le remarquable portrait de Lully par Paul Mignard, le neveu du grand Mignard, le fils de Nicolas, et qui entra à l'Académie de peinture le 11 juin 1672. Sans avoir la touche

magistrale de son oncle, Paul Mignard, nourri des hautes traditions de l'art classique, joignait à un dessin serré une composition
large et pleine de style. Son portrait de Lully est d'une belle
allure et il a été supérieurement gravé par Jean-Louis Roullet.
Ce maître graveur, digne émule d'Édelinck, étudia longtemps en
Italie et ses portraits jouissent d'une célébrité méritée.

La planche, encore très belle, de son portrait de Lully, con-
servée à la Chalcographie du Louvre, et sa haute valeur nous ont
engagé à le reproduire.

Ce n'est pas sans raison que nous avons groupé, préférable-
ment aux autres, ces cinq estampes. En effet, examinons-les atten-
tivement au point de vue de la ressemblance du sujet. Nous les
trouverons tellement identiques dans les lignes principales du
visage que nous aurons la certitude d'en dégager la physionomie
réelle de Lully.

Après avoir fait la part de la solennité que donnent invariable-
ment aux portraits de l'époque la majesté de la grande perruque
et la noblesse voulue des attitudes et des draperies, nous saisissons
bien vite que la physionomie du grand musicien est caractérisée
par quatre traits frappants.

Les yeux, petits, forment un angle aigu très prononcé à la
jonction du nez et la paupière se dessine horizontalement au-dessus
de la pupille et coupe diamétralement la prunelle ;

Le nez est en droite ligne, à l'épine large ;

La bouche montre de grandes lèvres, charnues et bien accentuées;

Le menton est angulaire et fendu au milieu.

Si nous mettons Lavater en présence de cette physionomie,
ainsi bien nettement caractérisée, voici ce qu'il nous répondra :

Ces yeux « sont le partage des gens judicieux, adroits, sagaces
et fins » ;

Ce nez est le signe invariable de « facultés supérieures » et suppose « une âme faite pour agir »;

La bouche indique « le penchant à la volupté » et à la sensualité;

Le menton est celui d'un homme prudent et ferme; il indique la résolution.

Sans accepter comme articles de foi les aphorismes du célèbre auteur des *Essais physiognonomiques,* il nous semble qu'en ce qui concerne Lully son interprétation n'est pas à dédaigner.

Cet ensemble de l'homme extérieur est confirmé et complété par le témoignage de Le Cerf de la Viéville qui, dans ses dialogues, fait ainsi parler un de ses personnages, contemporain de Lully :

« Sçachez, Madame, qu'il était plus gros et plus petit que ses estampes ne le représentent, *assez ressemblant du reste,* c'est-à-dire pas beau garçon, à la physionomie vive et singulière, mais point noble; noir, les yeux petits, le nez gros, la bouche grande et élevée et la vue si courte qu'il ne voyait presque pas qu'une femme était belle. »

Ajoutons que les rides du visage accusent une mobilité et une multiplicité d'expressions où la vie aventureuse et mouvementée de Lully a marqué son indéniable empreinte.

VI

Les Propriétaires de l'Hôtel Lully.

 UEL fut le sort de l'hôtel de Lully? Les actes authentiques vont nous l'apprendre en même temps qu'ils nous donneront d'intéressants renseignements sur sa descendance.

L'hôtel de la rue Sainte-Anne resta indivis, dans la succession de Lully, jusqu'à la mort de sa femme, Madeleine Lambert, décédée le 3 mai 1720, à l'âge de soixante-dix-sept ans.

L'acte de partage qui suivit cette mort, en date des 25 et 26 septembre 1720, en l'étude de Me Billeheu, notaire à Paris, nous apprend qu'il y avait alors cinq héritiers, survivants des six enfants de Lully.

En effet, Jean-Louis de Lully, né en 1667, qui avait eu la survivance de la charge de surintendant de la musique du Roy, était mort deux ans après son père, en 1688, sans postérité.

Voici donc quels étaient, en 1720, les cinq héritiers.

1° Louis de Lully, né en 1664 et mort en 1736. C'était un assez mauvais sujet que son père avait d'abord déshérité dans son testament, après l'avoir fait enfermer, par autorité de justice, « en la maison des Religieux de la Charité à Charenton ». Mais, sur les instances des siens, il l'avait rétabli dans ses droits par un codicille du 15 mars 1687, huit jours avant sa mort. Cependant Lully avait fait passer la survivance de ses charges par-dessus sa tête pour les faire donner à son frère cadet Jean-Louis. Après la mort prématurée de ce dernier, en 1688, Louis de Lully lui succéda, grâce à la bienveillance du roi, dont il était le filleul.

2° Jean-Baptiste de Lully, né en 1665, gratifié par le roi des Abbayes de Saint-Georges-sur-Loire et de Saint-Hilaire de Carcassonne, aumônier du duc d'Orléans, frère de Louis XIV, et qui malgré ses abbayes, collabora aux opéras de son frère Louis et fut pensionné par l'Académie Royale de Musique.

De plus, une curieuse pièce de la collection Clairembaul (n° 685), aux manuscrits de la Bibliothèque Nationale, s'exprime ainsi : « Ce jourd'hui, 7 février 1696, le Roy estant à Versailles bien informé de l'application que Jean-Baptiste de Lully donne depuis quelques années à la composition de la musique, etc. » accepte la démission que Jean-Baptiste Boesset (sieur de Haut donne de sa charge de surintendant de la musique de la Chambre et l'autorise à la céder à Jean-Baptiste de Lully.

C'est ce qui a sans doute troublé les biographes. La plupart ont ignoré cet avatar de l'abbé en compositeur de musique. Tous y compris Fétis, se copiant les uns les autres, le font mourir en 1701. Nous avons déjà vu, en parlant du caveau de la famille Lully, dans l'église des Petits-Pères, que c'est une grave erreur Nous allons en avoir une nouvelle preuve en le voyant figurer dans les actes authentiques concernant la famille, non seulement en septembre 1720, mais encore en septembre 1741 !

3° Dame Gabrielle-Hilaire de Lully, veuve de Messire Jacques Dumolin, chevalier, seigneur de Centimaison, conseiller secrétaire du Roy, maison couronne de France et de ses Finances, greffier en chef de la Cour des Aides.

4° Feue dame Catherine-Magdeleine de Lully, épouse de Messire Jean-Nicolas de Francini (devenu de Francine avec l'orthographe française), chevalier, conseiller maître d'hôtel ordinaire du Roy, qui eut pendant quelque temps le privilège de l'Académie Royale de Musique, devenue un véritable fief de la famille Lully. Son mariage avait été célébré, le 19 avril 1684, en grande pompe, « en présence de Sa Majesté et de toute la maison Royale », ainsi que le dit le contrat de mariage trouvé dans les papiers de Lully. Elle reçut en dot 55,000 livres. Elle était représentée en 1720 par ses deux enfants mineurs : Louis de Francine, écuyer, et damoiselle Marie-Élisabeth de Francine

5° Feue dame Marie-Louise de Lully, épouse de Messire Pierre de Thiersault, chevalier, seigneur de Meraucourt, de la Ronce et autres lieux. Elle était représentée en 1720 par ses deux enfants majeurs : Jean-Baptiste de Thiersault, chevalier, son fils, et sa fille haute et puissante dame Hilaire-Ursule de Thiersault, épouse de haut et puissant seigneur Louis-François de Bouschet, chevalier, comte de Sourches, maréchal des camps et armées du Roy.

Chacun de ces héritiers intervient dans cet acte des 25 et 26 septembre 1720, comme représentant un cinquième dans les successions de Lully et de sa femme, Madeleine Lambert.

Par cet acte, ils constatent que les maisons sises rue Sainte-Anne et rue Neuve-des-Petits-Champs (c'est-à-dire l'Hôtel Lully partagé en deux pour la commodité de l'habitation des héritiers)

sont les seuls *biens-fonds* appartenant à la succession. Toutes les autres propriétés de Lully avaient donc été liquidées.

Les héritiers se partagent, d'un commun accord, l'argent, les bijoux, l'argenterie, les billets de la Banque Royale, etc., et conviennent de garder en commun l'ancien Hôtel Lully.

Par actes successifs des 15 octobre 1722, 6 octobre 1725, 30 avril 1735, 1er mars 1736, 30 juillet 1739, 18 avril 1747, presque tous passés en l'étude de Mᵉ Billeheu, plusieurs héritiers aliènent leur part au profit de leur cohéritière la dame Dumolin. Par acte du 1er septembre 1741, le pauvre Jean-Baptiste de Lully, que les biographes font si unanimement mourir *quarante ans* avant, donnait par donation *entre-vifs* à la même dame Dumolin, sa sœur, le cinquième qui lui appartenait de son chef dans l'Hôtel Lully.

De telle sorte que la dame Dumolin, l'une des filles de Lully, réunissait en sa personne les *quatre cinquièmes* de la propriété de l'immeuble. Elle les transmit à ses deux filles :

Anne-Élisabeth Dumolin et Marie-Madeleine Dumolin.

Anne - Élisabeth, par un acte de licitation volontaire du 16 octobre 1748, et se portant fort pour sa sœur, devenue l'épouse de Messire Pierre-Achille Picot, chevalier, seigneur de Combreux, Chatenoy, Lavau, Seichebrière, Centimaison et autres lieux, rachetait à la mineure Jeanne-Louise de Francine le dernier cinquième et devenait avec sa sœur copropriétaire de l'Hôtel Lully « estimé à l'amiable et d'un commun accord 90,000 livres ».

Elle mourut fille et sa sœur, la dame Picot de Combreux, en resta seule propriétaire. La fille aînée de celle-ci, Anne-Françoise-Adélaïde Picot de Combreux, l'hérita de sa mère par l'acte de partage du 8 brumaire an X. Elle avait épousé Auguste-Marie-Henry Picot, marquis de Dampierre.

Brave soldat et général distingué, Dampierre avait fait ses

premières armes sous le grand Frédéric. Rentré en France, il servit sous Dumouriez et le remplaça après sa trahison, désigné pour ce commandement par le renom qu'il avait acquis à la bataille de Jemmapes. Il fut tué d'un boulet dans les bois de Vicogne, près Valenciennes, le 9 mai 1793. La Convention lui décerna les honneurs du Panthéon. Cette mort glorieuse arrivait à point : quelques semaines plus tard l'armée du Nord était en pleine retraite, les Autrichiens prenaient Valenciennes et si Dampierre eût vécu, c'est la guillotine qui l'eût attendu au lieu du Capitole.

L'Hôtel Lully passa ensuite entre les mains d'Anne-Marie-Louise Picot de Dampierre, fille du général et arrière-petite-fille de Lully par sa mère. Elle était femme de Jean-Joseph-Paul-Augustin, marquis Dessolle (1767-1828), l'un des brillants officiers de la Grande Armée, qui devint, sous la Restauration, pair de France, président du Conseil et ministre des Affaires étrangères et qui quitta le pouvoir à cause de ses idées libérales.

C'est ici que finit la descendance de Lully en tant que propriétaire de l'hôtel de la rue Sainte-Anne.

Le 23 janvier 1807, un sieur Jean-Baptiste Jean s'en rendait acquéreur moyennant la somme de 155,000 francs.

Les héritiers Jean le revendaient le 8 août 1849 à M. Théodore-Nicolas Gobley qui fut membre de l'Académie de médecine, professeur agrégé à l'École de pharmacie, officier de la Légion d'honneur, etc., pour le prix de 280,000 francs. Mme Gobley, la veuve de ce savant distingué, en est actuellement propriétaire.

Il ressort de cet exposé que le madré Lully, le rusé petit marmiton des cuisines de Mademoiselle de Montpensier sut faire souche « d'honnestes gens » comme on disait au grand siècle, et qu'il avait eu l'habileté de fonder une solide propriété dont la valeur ne cessa pas de s'accroître.

On remarquera, en outre, que cette maison historique, à part une courte possession de l'obscure famille Jean, a toujours appartenu à des personnages marquants et que cette liste des propriétaires successifs offrait assez d'intérêt pour être publiée.

CONCLUSION

ous voilà au terme de notre tâche. Ce ne sera pas, nous l'espérons, sans attrait pour les curieux et les chercheurs que nous aurons évoqué un instant la figure si bizarre et si complexe de Lully, où se mêlent si étrangement l'aventurier et le spéculateur, l'homme de génie et l'homme d'argent, l'artiste et le propriétaire : figure unique, sur laquelle il restera toujours à dire, mais dont nous avons essayé de fixer les contours.

En groupant, en même temps, autour de Lully les monuments et les œuvres d'art qui le concernent, nous avons voulu les sauver de l'oubli et de la disparition complète. Nous ne savons ce que leur réserve l'avenir. Le temps destructeur, la main, plus lourde encore, de l'homme, les ont déjà touchés : respectueux des souvenirs du passé et instruit par l'expérience, nous avons pensé que le moment était venu d'en dresser l'inventaire au profit du public.

SOURCES ET DOCUMENTS

Anciens plans de Paris . .
- O. Truschet, 1550.
- François Quesnel, 1609.
- Gomboust, 1652.
- Bullet et Blondel. . . . .
  - 1re édition, 1676.
  - 2e édition, 1707.
- Turgot (dit de), par Louis Brétez, 1739.

Archives nationales. — Nombreuses pièces manuscrites.

Bibliothèque Nationale. — Estampes, manuscrits (pièces originales).

Bibliothèque de l'Opéra. — Diverses pièces manuscrites.

Germain Brice. — *Nouvelle Description de la Ville de Paris.*

V. Jaillot. — *Recherches sur Paris.*

Piganiol de la Force. — *Description historique de la Ville de Paris.*

Henri Sauval. — *Antiquités de la Ville de Paris.*

Thierry. — *Guide des amateurs et des étrangers voyageurs à Paris.*

Jacques-François Blondel. . .
- *Histoire de l'Architecture française.*
- *Remarques historiques sur l'église et la paroisse de Saint-Sulpice.*

Jean-Louis Le Cerf de la Viéville de la Fresneuse. — *Comparaison de la musique française et de la musique italienne.*

Abraham du Pradel. — *Le Livre commode des adresses pour 1692.*

Boscheron. — *Vie de Quinault.*

Titon du Tillet. — *Le Parnasse français.*

François le Prévost d'Exmes. — *Lully, musicien.*

Lavater. — *Essais de Physiognonomie* (traduction Bacharach).

Archives de l'Art français.

Alexandre Lenoir. — *Catalogue du Musée des monuments français.*

Jal. — *Dictionnaire critique de biographie et d'histoire.*

Eudore Soulié. — *Vie de Molière.*

Abbé Hanauer. — *Études économiques.*

C. Leber. — *Essai sur l'Appréciation de la fortune privée au Moyen-Age.*
Abbés Lambert et Buirette. — *Histoire de l'église Notre-Dame-des-Victoires.*
Édouard Fournier. — *Histoire de la Butte des Moulins.*
Arthur Pougin. — *Les Vrais Créateurs de l'opéra français.*
Henri Havard et Marius Vachon. — *Histoire des Manufactures nationales.*
Nuitter et Thoinan. — *Les Origines de l'Opéra.*

Nous tenons à adresser ici tous nos remerciements à M. Georges Duplessis, l'éminent Conservateur des Estampes à la Bibliothèque nationale; à M. Ch. Nuitter, le très obligeant Archiviste de l'Opéra, et à MM. Félix Morel d'Arleux, Chevillard, Guérin et Bertrand Taillet, notaires à Paris, qui ont bien voulu faciliter nos recherches avec une parfaite bonne grâce.

TABLE DES CHAPITRES

TABLE DES HÉLIOGRAVURES

Paris. — Imprimerie de l'Art, E. Ménard et Cⁱᵉ, 41, rue de la Victoire.

IMPRIMERIE DE L'ART

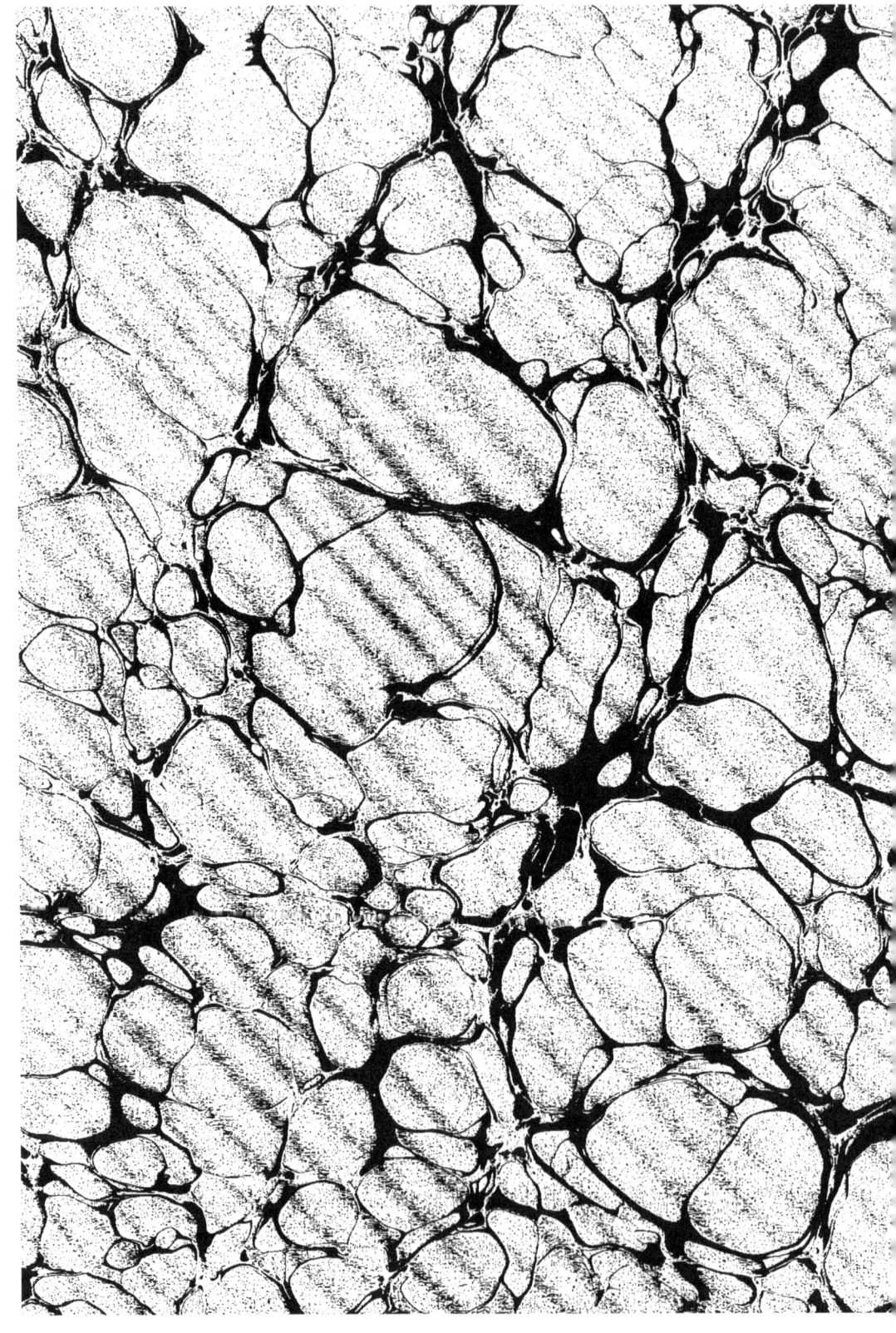

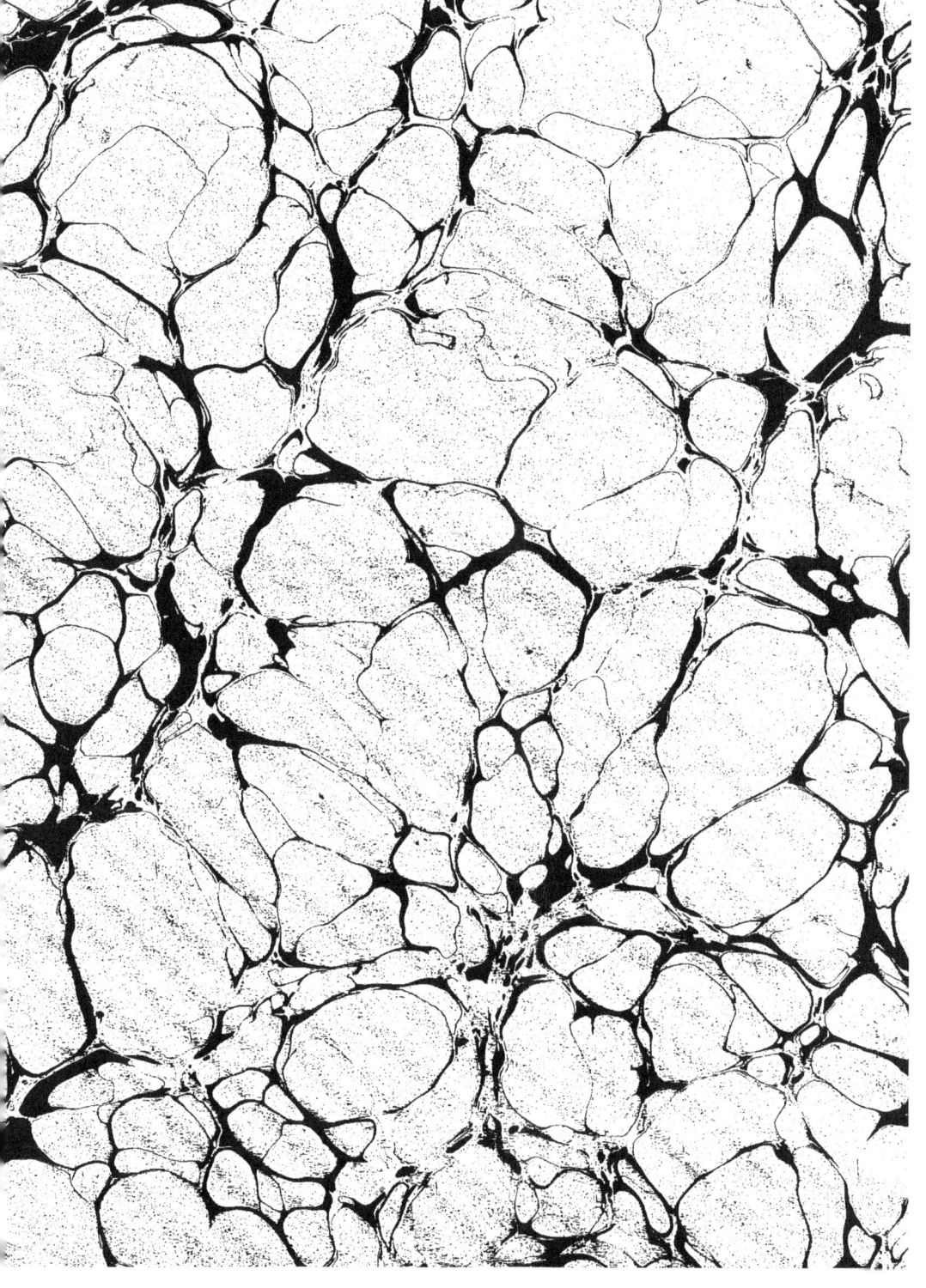

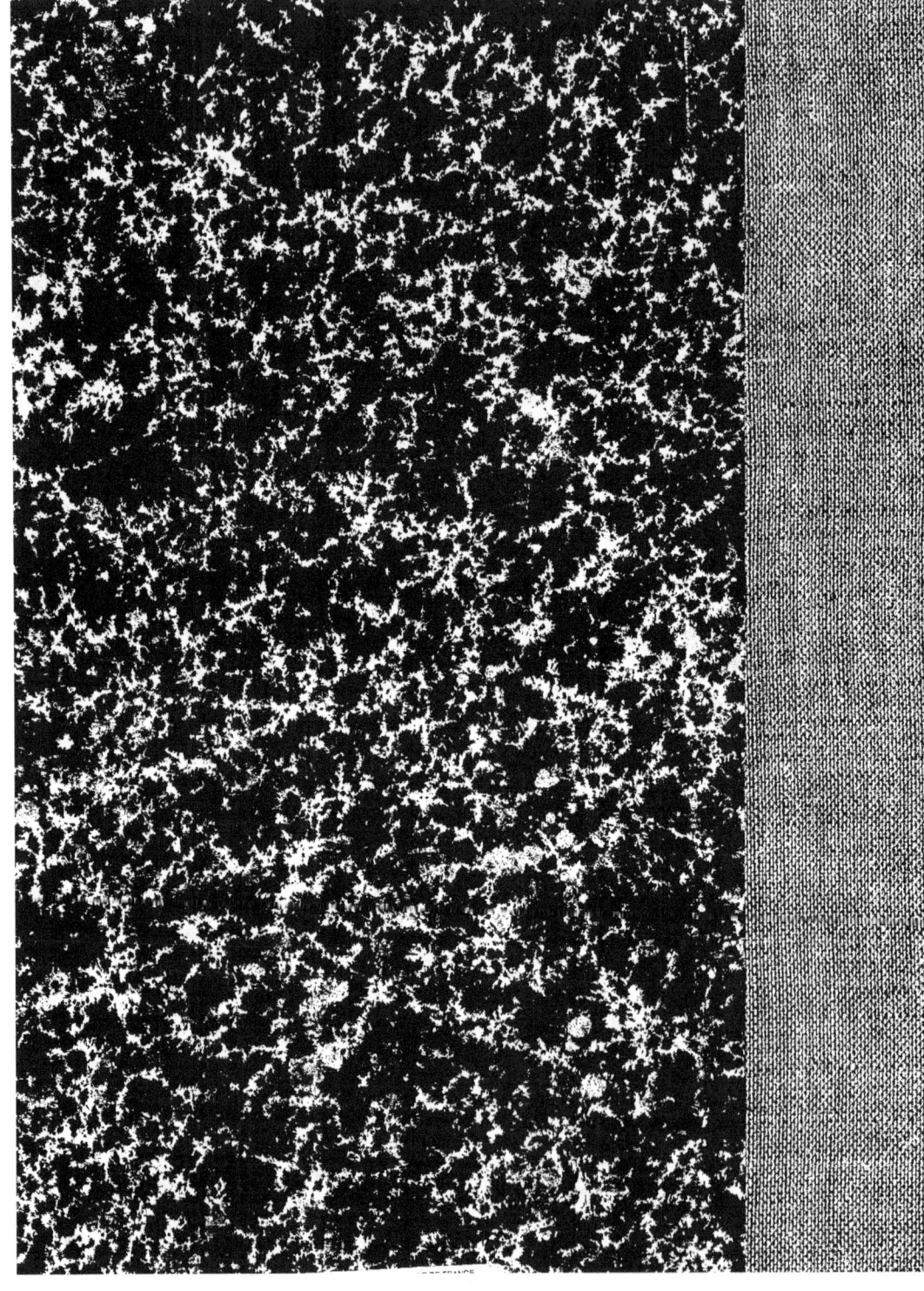